KB273805

카프카의 성

가 부 장 적 세 계 너 머 에 서 읽 기

카프카의 성
가부장적 세계 너머에서 읽기

초판 1쇄 발행 2025년 8월 20일

–

지은이 정항균

펴낸이 이방원

책임편집 이희도   **책임디자인** 양혜진

기획 김명희·박준성   **마케팅** 최성수   **경영지원** 이병은

–

펴낸곳 세창출판사

　　　신고번호 제1990–000013호   **주소** 03736 서울특별시 서대문구 경기대로 58 경기빌딩 602호

　　　전화 02–723–8660   **팩스** 02–720–4579   **이메일** edit@sechangpub.co.kr

　　　홈페이지 http://www.sechangpub.co.kr   **블로그** blog.naver.com/scpc1992

　　　페이스북 fb.me/Sechangofficial   **인스타그램** @sechang_official

–

ISBN   979–11–6684–433–1   93800

가부장적 세계 너머에서 읽기

카프카의 성

정항균 지음

세창출판사

✕

　카프카의 장편소설 『성』과 맺은 인연은 지금으로부터 약 28년 전으로 거슬러 올라간다. 당시에는 아직 교보문고에서 독일어 원서를 판매하기 전이어서 충무로에 있는 소피아 서점에서 원서를 사야 했다. 국내에서 유일하게 독일어 원서를 판매하던 소피아 서점에 가면 늘 가슴이 두근거렸다. 물론 원서를 살 충분한 돈도 없었고 사실 무슨 책을 사야 할지도 잘 몰랐지만, 지금은 느낄 수 없는 그 서점만의 특별한 분위기가 있었다. 그곳에서 산 첫 번째 책이 바로 카프카의 『성』이다. 마치 보물이라도 되는 듯 그 책을 조심스럽게 손에 들고 집으로 가던 길이 유난히 멀게 느껴졌던 기억이 난다. 빨리 집에 가서 책을 펼쳐보고 싶어서 그러했으리라.

　그 후 나는 3개월에 걸쳐 이 소설을 읽었다. 대학교 1학년 2학기였던 걸로 기억하는데, 학기 중이라 다른 수업 준비도 해야 했지만, 시간을 쪼개 이 책을 읽었다. 하루에 3-4페이지씩 매일 읽었던 것 같다. 하지만 막상 다 읽고 나서는 줄거리조차 제대로 파악하지 못했다. 너무 부족한 독일어 실력으로 소설을 읽느라 페이지마다 산더미처럼 나오는 모르는 단어를 찾아야 했고 그러다 보니 내용에 집중할 수 없었기 때문이다. 그래도 다 읽고 나서는 처음으로 독일어 원서로 장편소설을 읽었다는 뿌듯함을 느꼈던 것 같다.

그 후 여러 차례 카프카의 『성』을 읽었다. 때로는 원서로 때로는 번역본으로 말이다. 물론 처음 이 책을 원서로 읽을 때보다 당연히 작품을 더 잘 이해하기는 했지만, 그래도 처음에 느꼈던 수수께끼 같은 작품에 대한 인상은 매번 읽으면서도 완전히 사라지지 않았다. 사실 카프카의 작품을 읽는 독자라면 누구나 그의 작품이 지닌 수수께끼 같은 성격을 알고 있을 것이다. 어쩌면 카프카의 소설을 좋아하는 이유는 그것을 제대로 이해할 수 없다는 데 있을지도 모른다. 정확히 말하면 무언가 알 것 같으면서도 알 수 없는 모호한 상태의 느낌을 좋아하는 사람이 많은 것 같다. 적어도 나는 그랬다.

하지만 카프카를 본격적으로 연구하기 시작하면서 더는 이러한 모호함을 즐길 수만은 없었다. 카프카의 소설을 해석한다는 것은 곧 그러한 모호함이라는 꺼풀을 벗겨내야 함을 의미하기 때문이다. 그런데 수수께끼 같은 카프카 소설의 숨겨진 의미들을 찾아내면서 또 다른 즐거움이 찾아왔다. 카프카의 작품을 아버지와 연관시켜 해석하는 기존의 해석과 달리 나는 카프카의 작품을 '어머니의 문학'으로 읽어냈다. 지금까지 카프카의 삶이나 문학에서 미미한 존재로 여겨지는 어머니가 사실 아버지보다 더 거대한 존재이며 작품 해석의 열쇠를 쥐고 있는 인물이라는 것을 발견하게 된 것이다. 물론 이러한 해석은 처음에는 제대로 받아들여지지 않았고 나 자신도 그러한 해석의 타당성을 의심했던 것 같다. 이러한 의구심에 맞서 어머니라는 인물을 통해 대변되는 가모장적 (무)질서가 카프카의 모든 작품에서 일관되게 나타난다는 것을 입증하기 위해 2024년에 카프카 연구서를 출간했다. 그 과정에서 카프카 작품의 숨겨진 의미를 발견하는 작업은 분명 카프카 작품의 모호성에서 느낀 것만큼이나 즐거웠다. 연구한다기보다는 카프카가 내는 수수께끼를 푼다는 생각으로 그의 작품을 읽고 해석하는 시간이었다.

그렇다고 내가 카프카 연구를 통해 카프카의 작품에 들어 있는 모든 수수께끼를 풀었다고 말하려는 것은 물론 아니다. 오히려 카프카의 작품은 하나의 설명 도식을 발견해도 다른 작품에 그것을 적용하려면 제대로 적용이 안 된다는 데 매력이 있다. 그래서 또다시 머리가 아프고 혼란에 빠지며 미로

속을 걷게 만드는 매력이 카프카의 작품에 있는 것이다. 이 책 역시 카프카의 『성』에 담긴 모든 수수께끼를 풀어서 독자에게 해답을 알려주지는 않는다. 그렇지만 독자에게 카프카가 내는 수수께끼를 푸는 방법 중 몇 가지를 알려줄 수는 있을 것이라고 믿는다. 이를 통해 독자 스스로 카프카의 또 다른 작품을 읽고 그가 내는 수수께끼를 풀며 희열을 느낄 수 있기를 바란다.

카프카의 소설은 사실주의 작품처럼 읽을 수도 있고 모더니즘 작품처럼 읽을 수도 있다. 쉽게 말해 현실에 비추어 읽을 수도 있고 암호를 풀 듯이 읽을 수도 있다는 말이다. 카프카의 장편소설 『실종자』처럼 현실을 모사한 듯 보이는 작품이 있는가 하면, 「시골 의사」처럼 꿈의 세계에서처럼 펼쳐지는 듯한 모호한 분위기의 작품도 있다. 하지만 더 자세히 들여다보면 『실종자』 같은 작품에도 수수께끼는 숨겨져 있고, 「시골 의사」도 현실적인 맥락에서 읽을 수 있는 여지가 있다. 카프카의 모든 소설에는 이러한 두 가지 층위가 뒤섞여 있으며, 단지 작품마다 어느 쪽으로 더 치우쳐져 있는지 정도의 차이만 있을 뿐이다. 따라서 카프카의 작품을 읽을 때는 이러한 두 가지 측면을 모두 고려해 해석해야 한다. 이 책에서는 카프카의 장편소설 『성』에 대해 두 가지 상이한 차원에서 해석을 시도했다. 한 가지 해석은 소설의 주인공인 이방인

K.가 사회적 인정을 얻기 위해 성이나 마을 주민과 싸워나가
는 현실적인 세계 층위에서의 해석이고, 다른 하나는 K.가 아
이나 동물로 변하는 몽환적인 세계 층위에서의 해석이다. 전
자의 해석에 따르면 사회적 인정을 받기 위해 성의 고위관리
클람을 만나려는 K.의 의식적인 노력은 실패하지만, 후자의
해석에서는 무의식적으로 이루어지는 다양한 변신을 통해
K.는 가부장적인 성의 질서를 무너뜨리고 가모장적 (무)질서
를 지시하는 성에 들어가는 데 성공한다. 이 책에서는 카프카
의 작품에 등장하는 이러한 두 가지 상반된 면의 공존을 밝혀
내려고 시도했다. 이를 통해 카프카의 작품을 좀 더 입체적이
고 다양한 시각에서 바라볼 수 있을 것이다.

카프카의 전기와 『성』의 기초자료

1.

전기

✕

1) 출생과 학창 시절 (1883-1901)

카프카는 1883년 7월 3일에 아버지인 헤르만 카프카 (1852-1931)와 어머니인 율리 카프카(1856-1934, 태어날 때 성은 뢰비) 사이의 장남으로 태어났다. 그에게는 남동생인 게오르크와 하인리히가 있었지만 모두 태어난 지 얼마 안 되어 질병으로 사망했다. 그 뒤로 세 여동생 가브리엘레(1889-1942), 발레리(1890-1942), 오틸리에(1892-1943)가 태어났는데, 이들은 주로 애칭인 엘리, 발리, 오틀라로 불렸다.

아버지인 헤르만 카프카의 가문과 어머니인 율리 뢰비의 가문은 유대인이라는 공통점을 제외하고는 많은 점에서 대립한다. 헤르만의 아버지인 야콥 카프카는 매우 가난한 도

축업자였다. 그래서 헤르만은 아주 어려서부터 배달 일을 해야 했고 추위와 굶주림에 시달렸다. 그가 물질적이고 사회적인 성공에 집착한 이유도 어린 시절의 불우한 환경 탓이 컸다. 반면 어머니인 율리의 집안은 경건하고 학식이 있으며 부유했고 그녀의 아버지도 유대인 중산층에 속하는 양조업자였다.

체격이 크고 성실하며 생활력이 있는 헤르만은 중매쟁이의 소개로 율리를 만나 결혼했다. 온화하고 착한 성품의 율리는 헌신적으로 남편을 도왔고, 헤르만도 특유의 친화력과 성실함으로 곧 프라하에서 경제적인 성공을 거두었다. 작은 잡화상으로 시작한 그는 빠르게 도매상으로 성장했다. 이들은 장사에만 매달리느라 아이들 교육에는 무관심했다. 어머니도 아버지를 돕기 위해 온종일 가게에 나가 있었고, 밤에도 그와 카드놀이를 하며 시간을 보냈다. 그래서 카프카는 어린 시절에 외롭게 홀로 시간을 보내야 했다. 그의 집에는 유모, 가정부, 가정교사도 있었지만, 이들로부터 정신적 위안을 얻을 수는 없었다. 집에서는 주로 독일어로 소통했지만, 가끔 체코어를 사용하기도 했다. 카프카는 특히 체코어밖에 할 줄 모르는 가정부의 도움으로 체코어를 능숙하게 말할 수 있었다.

건장한 체격에 거친 성격의 소유자인 아버지는 가게에

서도 직원들에게 욕설을 서슴지 않았고, 카프카에게도 항상 엄격하게 대하며 무조건적인 복종을 요구했다. 내성적이고 소심한 성격의 카프카는 전제군주 같은 아버지 때문에 늘 불안에 시달리고 수치심을 느꼈는데, 이는 나중에 그가 쓴 「아버지에게 드리는 편지Brief an den Vater」(1919년 집필, 1952년 출판)라는 자전적 글에서도 잘 나타난다. 카프카는 자신이 지적이고 감성적인 어머니 집안의 영향을 받았다고 느꼈다. 그는 어머니가 자신에게 잘 대해주었지만, 그러면서도 결국에는 자신을 회유해 아버지의 세계로 편입시키려 했다며 거리감을 표시하기도 했다. 카프카의 작품 세계에서는 가부장적인 아버지와 이에 고통받는 아들 간의 권력 관계가 두드러지게 나타나고 어머니는 미미한 역할만 하는 것처럼 보인다. 하지만 카프카의 전기와 달리 그의 작품에서는 사실 어머니의 세계가 아버지의 세계보다 더 근원적이며 더 큰 의미를 지닌다. 이는 카프카의 작품을 단순히 편지나 일기 같은 자전적 자료에만 근거해서 해석할 수는 없음을 보여준다.

1889년 9월에 카프카는 플라이쉬마르크트에 있는 독일 소년학교에 입학했다. 중산층 유대인 가정에 속했던 카프카의 부모는 카프카를 유대인들이 많이 다니는 독일 학교에 입학시켰다. 독일 소년학교의 선생들은 대체로 친절하고 훌륭한 교육자였지만, 소심하고 내성적이었던 카프카는 학교에

가는 것을 두려워했다. 그에게는 학교가 억압적인 가정의 연속체처럼 느껴졌던 것이다.

4년간의 초등학교 생활을 마친 카프카는 1893년 9월에 알트슈테터 독일 김나지움에 입학해 8년간 그곳에서 수학했다. 이 학교는 엄격한 규율을 강조했고, 고전어와 고대사에 중점을 두고 인문주의 정신을 함양하는 것을 목표로 삼았으며, 엘리트 관료를 양성하기 위한 준비 과정의 의미를 지녔다. 이 시기에 카프카는 호메로스의 『오디세이아』와 『일리아스』, 오비디우스의 『변신 이야기』 등 고대 그리스 로마의 고전을 접했다. 또한 카프카는 아돌프 고트발트 선생으로부터 다윈의 이론과 에른스트 헤켈의 『세계의 수수께끼Welträtsel』(1899)에 관해 배웠는데, 이는 그가 무신론적인 입장을 갖는 데 지대한 영향을 미쳤다. 서유럽 사회와 문화에 동화되고자 했던 카프카의 아버지는 형식적으로는 유대교를 믿고 아들에게도 예배당에 가도록 강요했지만, 어린 카프카는 그곳에서 지루함을 느꼈을 뿐이었다. 이러한 상황에서 새로 접한 다윈의 이론은 그에게 충격적이었지만 동시에 세상에 대한 새로운 시각을 열어주었다.

김나지움 시절의 카프카는 눈에 띄지 않는 학생이었고 교우 관계도 활발한 편은 아니었지만, 그렇다고 친구가 없는 것은 아니었다. 이 시기에 그와 특별한 우정을 쌓았던 친구로 후고 베르크만과 오스카 폴락을 들 수 있다.

관대한 성격에 성적도 매우 우수했던 후고 베르크만은 김나지움 시절 초반에 카프카와 가깝게 지냈다. 그는 특히 수학 성적이 나빴던 카프카에게 많은 도움을 주었고, 카프카와 신에 관해 자주 토론하기도 했다. 하지만 팔레스타인에 유대인 국가를 세우는 것을 목표로 하는 시온주의 운동에 동조하던 베르크만은 당시에 전혀 다른 관심사를 가지고 있던 카프카와 서서히 멀어지기 시작했다. 카프카는 연극 관람을 즐겼고, 집에서 가족이나 친척을 모아놓고 연극 공연을 하기도 했다. 또한 그는 열네 살 경부터 글을 쓰기 시작했다. 다른 한편 그는 사회주의나 민족주의 운동모임에도 참석하며 정치·사회적인 문제에 관심을 보이기도 했지만, 곧 그것에 거리를 두었으며 적극적인 사회참여 활동을 하지는 않았다.

또 다른 학창 시절 친구로 오스카 폴락을 들 수 있다. 김나지움 상급반 시절 사귀게 된 폴락은 다양한 분야에 관심이 많았고 지식이 풍부한 학생이었다. 카프카는 그를 전적으로 신뢰하여, 그동안 비밀로 해왔던 자신의 글쓰기에 대해 털어놓고 자신의 글을 읽어봐 달라고 부탁하기도 했다. 또한 폴락의 소개로 〈예술의 파수꾼Der Kunstwart〉이라는 예술 잡지를 구독했다. 페르디난트 아베나리우스가 발행한 이 잡지는 많은 작가에 관한 정보를 제공했다. 나아가 카프카는 이 잡지를 통해 스피노자, 키르케고르, 니체 등 많은 철학자를 접하게 되었다. 특히 니체의 『차라투스트라는 이렇게 말했다』는 그에게 깊은 인상을 남겼는데, 훗날 쓰인 그의 작품에서도 이 책의 지대한 영향을 확인할 수 있다. 폴락과의 교류는 김나지움을 졸업한 이후에도 몇 년간 이어지지만, 두 사람의 상이한 관심사로 인해 점차 소원해졌다.

2) 대학 시절과 직장 생활: 초기 작품(1901-1911)

1901년 10월에 카프카는 김나지움 친구인 후고 베르크만 그리고 오스카 폴락과 함께 체코의 카를 페르디난트 대학에 입학했다. 처음에는 베르크만과 함께 화학과에 입학했지만, 2주도 못 버티고 법학과로 전과했는데, 이는 아버지의 강압과 현실적인 압력에 굴복한 선택이었다. 비록 카프카가 법학과의 의무 교과목을 성실히 수강하기는 했지만, 이미 첫 학기부터 독문학과 미술사 수업을 들으며 관심이 가는 공부를 했다. 당시 이 대학 독문과를 좌지우지하던 아우구스트 자우어 교수가 배타적인 민족주의 성향을 띠고 있어, 카프카는 친구인 파울 키쉬와 함께 뮌헨 대학에서 독문학을 공부할 것을 고려하기도 했다. 하지만 아버지의 강력한 반대로 결국 계획을 포기하고 다시 프라하로 돌아왔다.

카프카는 법학을 공부하면서도 철학과 문학, 예술 전반에 관한 관심을 버리지 않았다. 그래서 그는 '독일 대학생을 위한 독서 및 강연 회관'이라는 연맹에 가입했다. 회원 숫자가 450명에 달하는 이 문화 모임에서 카프카는 자신의 평생 친구인 막스 브로트를 알게 된다. 소심하고 소극적인 카프카와 달리, 척추 장애가 있었지만 적극적이고 사교적이며 다재다능했던 막스 브로트는 문학과 예술 분과의 위원장을 맡고 있었다. 카프카보다 한 살 아래였던 브로트는 이 분과에서 '쇼펜하우어 철학의 미래와 운명'이라는 강연을 했는데, 강연이 끝난 후 브로트와 카프카의 대화가 이어졌다. 비록 브로트가 이 강연에서 니체를 사기꾼으로 몰아붙이며 비난했지만, 카프카는 그의 의견에 반대하면서도 그에게 깊은 인상을 남겼다.

대학 시절 친구들은 카프카가 작가로 발전하는 데 많은 영향을 끼쳤다. 김나지움 친구로 대학에도 같이 입학했던 폴락은 1903년에 카프카에게 〈노이에 룬트샤우Die neue Rundschau〉라는 잡지를 소개했다. 현대적인 성향의 이 잡지를 통해 카프카는 젊은 작가들의 실험적 작품들을 접할 수 있게 되었다. 이러한 영향은 1904년부터 카프카가 쓰기 시작한 『어느 투쟁의 기록Beschreibung eines Kampfes』(1903-1907년 집필)에도 잘 나타난다. 브로트 역시 카프카가 문학에 대한 시야를 넓힐 수 있도록 영향을 주었으며, 작가활동을 더 적극적으로 하도록 그를 독려했다. 그는 카프카에게 시각장애인 음악가이자 작가인 오스카 바움과 철학을 공부하는 펠릭스 벨취를 소개해주었다. 예술과 철학, 문학에 관한 관심을 공유했던 네 사람은 곧 급속히 가까워져 '프라하 서클'이라는 독서 모임을 만들기도 했다. 이들은 자신이 쓴 글을 모임에서 낭독하고 서로 의견을 교환하기도 했지만, 카프카는 한동안 자신이 글을 쓴다는 사실을 숨겼다. 그러다가 소설 공모에 참여했다고 브로트에게 밝히면서 자신이 글을 쓴다는 사실을 공개했다.

이 시기에 카프카가 전공인 법학은 물론, 철학과 심리학, 심지어 자연과학 이론까지 폭넓게 공부했다는 사실은, 그가 친구들과 함께 다닌 베르타 판타의 서클 모임에서 잘 드러난다. 프라하 대학 최초의 여자 대학생인 베르타 판타는 프랑스의 살롱과 비슷한 문화·학술 모임을 개최했는데, 이 모임에서는 당대의 유명한 물리학자 아인슈타인의 상대성 이론이 소개되었고 마르틴 부버도 초청 강연을 했다. 또한 철학을 전공했던 벨취의 참여로 칸트, 피히테, 헤겔 등의 철학책을 같이 읽기도 했다. 카프카는 심지어 대학을 졸업한 이후에도 이 모임에 참석하곤 했다.

이처럼 철학, 문학, 종교, 자연과학에 이르는 광범위한 관심에도 불구하고 카프카는 1905년에서 1906년 사이에 세 번의 구술시험을 치러 가까스로 법학박사 학위를 취득했다. 이 과정에서 카프카는 엄청난 스트레스를 받고 신경쇠약 때문에 요양원에 머물며 휴식을 취했다. 이처럼 카프카는 마지못해 한 법학 공부로 인해 정신적 고통을 받았지만, 범죄학을 정립하고 범죄자의 심리를 강조한 법학자 한스 그로스와 관료제 및 사회구조의 불합리성을 비판한 지도교수 알프레트 베버의 영향을 받기도 했다. 비단 그의 장편소설 『소송』(1914-1915년 집필, 1925년 출판)뿐만 아니라, 거의 모든 그의 작품에서 죄와 처벌, 법의 문제가 다루어지고 있다는 사실은, 그가 벗어나고자 한 법의 세계가 역설적으로 그의 문학의 가장 중심적인 주제가 되었음을 보여준다.

대학을 졸업한 카프카는 이제 자신이 좋아하는 글쓰기를 해나가면서도 부모에게서 독립해 생활해야 하는 현실적 문제에 직면하게 되었다. 그는 삶을 영위하기 위해 경제활동을 해야 했지만, 이와 함께 글쓰기를 병행하기를 희망했다. 카프카는 브로트의 아버지와 알프레트 뢰비 삼촌의 도움을 받아 이탈리아계 보험 회사인 아시쿠라치오니 게네랄리의 프라하 지사에서 임시보조직원으로 일할 수 있게 되었다. 하지만 박봉에다가 하루 8-9시간의 근무와 잦은 초과근무를 해야 했고 휴가도 2년에 2주밖에 되지 않는 열악한 조건이었다. 그 때문에 카프카는 글을 쓸 시간을 내기가 힘들어 결국 회사를 그만두고 새로운 직장을 찾는다.

그가 1908년 7월에 새로 들어간 직장은 보헤미아 왕국 노동자 재해보험공사라는 반*국영기업이었다. 이런 국영기업에 유대인이 공무원으로 들어가는 것은 매우 어려운 일이었지만, 김나지움 친구였던 에발트 펠릭스 프리브람의 아버지이자 이 회사의 사장이었던 오토 프리브람 박사의 도움으로 이례적으로 이곳에서 일할 수 있게 되었다. 카프카는 처음에는 보험기술분과에서 일하다가 나중에는 재해 담당 부서로 옮겼는데, 성실한 태도와 뛰어난 업무 능력으로 상관과 동료의 인정과 신뢰를 받았다. 그래서 임시직원으로 채용된 그는 1913년에는 부비서관이 되었고, 1920년에는 비서 그리고 1922년에는 수석비서로까지 승진했다. 비록 그는 직장 일을 자신의 글쓰기에 걸림돌이 되는 장애물로 느꼈지만, 상업아카데미를 다니거나 독일기술전문학교의 강의를 듣는 등 보험 업무에 관심을 두고 전문지식을 쌓기 위해 노력했다. 특히 그는 노동자들의 안전을 신경 쓰며 사고 예방 조치에 관심을 두었을 뿐만 아니라, 사고 후에 기업이 그들을 대하는 부당한 조치에 불만을 표기하기도 했다. 비록 노동자 재해보험공사의 근무 시간이 오전 8시에서 오후 2시까지로 이전 회사와 비교해 상대적으로 좋은 조건이었지만, 보험공사가 적은 인원으로 오스트리아-헝가리 전역 회사원의 3분의 1을 관리해야 했기 때문에 카프카에게 맡겨진 업무량이 결코 적지는 않았다. 이러한 어려움 속에서도 카프카는 틈틈이 시간을 내어 글을 써서 1908년 3월에 프란츠 블라이가 발간하는 잡지 〈히페리온Hyperion〉에 '관찰'이라는 제목으로 여덟 편의 짧은 산문을 실었다.

카프카는 막스 브로트나 프란츠 베르펠과 함께 틈틈이 프라하 근교 시골로 가서 자연을 즐겼다. 그는 도보 여행이나 승마, 조정, 나중에는 채식까지 하면서 건강에 신경을 썼지만, 신경쇠약 증세를 보이기도 했다. 그래서 1909년 여름에는 휴가를 받아 브로트 그리고 그의 동생 오토와 함께 가르다 호숫가에 있는 리바로 여행을 떠났다. 브로트는 카프카가 프라하와 체코의 좁은 세계에 갇히지 않고 더 넓은 세계를 체험할 수 있도록 길을 열어주었다. 카프카는 1909년에서 1911년 사이에 브로트와 함께 프랑스의 파리, 스위스의 루체른과 취리히, 독일의 뮌헨, 이탈리아의 밀라노와 스트레사 등 유럽 전역을 여행했다. 이러한 여행에서 때로는 자연을 즐기며 요양하기도 했고 때로는 극장이나 박물관을 방문하며 문화생활을 즐기기도 했다. 또한 그는 1910년부터 본격적으로 일기를 쓰며 이러한 습관을 유지하려고 노력했다. 이는 1911년 초부터는 여행 일기를 쓰는 습관으로 이어졌다. 이처럼 카프카가 일기에 천착한 것은 직장 생활 때문에 작품을 창작하기가 어려운 가운데에도 글쓰기를 포기하지 않으려는 의지 때문이었다. 또한 여행 일기는 여행하면서 보고 듣고 체험한 것을 잘 기록해두었다가 나중에 문학 작품의 소재로 활용하는 데 사용되었다.

카프카는 직장 생활과 글쓰기 사이의 균형을 유지하려고 애썼지만, 밤늦게까지 글을 쓰고 아침 일찍 일어나 직장 생활을 하는 것이 허약한 그에게는 쉽지 않았다. 소화불량, 두통, 불면증 등 여러 가지 병에 시달렸던 그는 종종 요양소를 찾았고, 자연치료법과 채식주의를 통해 이러한 질병을 극복하려고 시도했다. 그는 의사와 약을 불신했던 것이다.

1910년 5월에 브로트는 폴란드의 렘베르크에서 온 동부 유럽 유대인 극단의 연극 공연에 카프카를 데려간다. 어린 시절에 아버지에게 강제로 끌려간 유대인 교회당에서의 좋지 않은 기억이 있었던 카프카였지만, 이디시어로 상연된 연극은 완전히 이해할 수 없어도 그에게 깊은 감명을 주었다. 특히 배우들의 몸짓 언어와 표정을 통해 카프카는 그들의 작품을 또 다른 의미에서 이해할 수 있다고 믿었다. 그는 열두 편의 연극 공연을 관람했을 뿐만 아니라, 이착 뢰비를 비롯한 연극 단원들과도 매우 친밀한 사이가 되었다. 카프카의 집을 방문한 뢰비에게 아버지가 모욕적인 말을 해 카프카는 깊은 상처를 받았지만, 프라하에서 이들 극단의 공연을 적극적으로

홍보하며 많은 도움을 주었다. 또한 소박하고 순수한 동부 유럽 유대인들과 교류하면서 유대 민족의 문화와 종교에 관해 관심이 생겨 이와 관련된 책들을 집중적으로 읽기도 했다. 막스 브로트와 후고 베르크만 같은 유대인 친구들이 히브리어를 공동언어로 사용하며 고유한 영토에 국가를 건립하는 것을 꿈꾸는 시온주의 조직에 회원으로 가입했지만, 카프카는 정식으로 그 조직에 가입하지는 않았다. 또한 이착 뢰비와의 긴밀한 관계를 통해 유대 종교와 공동체에 관심이 깊어진 것은 사실이지만, 스스로 유대 민족으로서의 정체성을 갖지는 않았다. 하지만 그의 작품에는 유대 종교와 문화뿐만 아니라 그가 본 이디시어 연극 공연의 영향과 흔적이 발견된다.

1910년 11월에 카프카의 여동생 엘리는 카를 헤르만과 결혼한다. 헤르만은 석면 공장을 건립하려는 아이디어를 냈는데, 가족 사업을 꿈꾸고 있던 카프카의 아버지가 이에 동조해 1911년 11월에 정식으로 회사를 건립했다. 아버지는 카프카에게도 공장 일에 적극적으로 참여할 것을 권하며 투자에도 참여시켰다. 심지어 사위가 출장을 가면 대신 공장에 가서 감독하라고 종용하기도 했다. 오후에 쉬고 밤에 글쓰기에 전념하고 싶었던 카프카와 회사 재정이 어려워지자 더 적극적인 참여를 강요한 가족 사이에 갈등이 심화하여, 1912년에 카프카는 심지어 자살을 생각하기도 했다.

오후 2시까지 재해보험공사에서 근무한 후 종종 석면 공장에서 오후를 보내고 집으로 돌아온 카프카는 저녁에도 집필 작업을 할 수 없었다. 소리에 예민했던 카프카는 가족이 떠드는 소리 때문에 밤 10시나 11시부터 새벽까지 글을 써야 했는데, 그로 인해 건강이 더욱 악화했다. 그런데도 글쓰기를 자신의 소명으로 여겼던 카프카는 오직 그 안에서만 자신의 존재 이유를 발견했다. 비록 1908년부터 1911년의 시기에 짧은 산문들을 몇몇 잡지에 실을 수 있었지만, 아직은 그가 만족할 만한 문학적 성과를 거두지는 못했다.

3) 펠리체 바우어와의 약혼과 파혼: 중기 작품(1912-1917)

1912년 6월에 의사의 건강진단을 받아 제출한 휴가 신청이 받아들여져 카프카는 브로트와 함께 독일로 여행을 떠난다. 이 여행에서 이들은 라이프치히, 바이마르, 하르츠를 방문했는데, 특히 라이프치히 여행은 카프카가 출판업계 사람들과 인맥을 쌓는데 중요한 계기가 되었다. 브로트의 주선으로 카프카는 로볼트 출판사를 방문했고, 에른스트 로볼트로부터 책 출판 권유를 받았다. 또한 이 출판사의 공동대표인 쿠르트 볼프도 만났는데, 그는 훗날 자신의 이름을 딴 출판사를 설립하고 카프카의 여러 작품을 출판하게 된다.

　　카프카는 자신의 짧은 산문들이 출판에 부적합하다고 판단해 출판을 망설였지만, 브로트의 권유로 결국 그의 집에서 출판할 작품들의 선정 및 순서를 함께 결정하기로 한다. 그날 브로트의 먼 친척인 펠리체 바우어라는 젊은 여성이 우연히 그의 집을 찾아와 카프카를 만났다. 펠리체 바우어는 축음기와 구술 녹음기를 생산하는 린트슈트롬 회사의 속기 타자수였는데, 카프카와 알게 된 1912년에는 지배인으로 승진할 정도로 능력 있는 여성이었다. 그녀의 외모가 카프카의 마음에 들지는 않았지만, 그는 건강하고 활달하며 자신감이 있는 그녀에게 호감을 느꼈다. 그녀와의 만남에 영감을 받고 창작욕이 솟아오른 카프카는 1912년 9월 22일에서 23일로 넘어가는 밤 동안 단숨에 『선고』(1912)를 완성했다. 이전 작품들과 달리 카프카는 이 작품을 완성도 높은 작품으로 평가하며 자신감 있게 친구들에게 소개했다. 이후 그는 『실종자』(1911-1914년 집필, 1927년 출판)의 첫 번째 장인 '화부'를 완성했고, 그해 11월 중순까지는 여섯 개의 장을 완성했다. 또한 12월에는 『변신』(1912년 집필, 1915년 출판)을 완성하기도 했다. 비록 카프카는 공무 여행 때문에 시간이 부족해서 『변신』의 마지막 부분을 제대로 마무리 짓지 못한 것을 아쉬워했지만, 브로트나 베르펠은 이 작품을 칭찬하며 높이 평가했다. 이 시기에 발표된 작품들은 주로 가족 간의 관계에 초점을 맞춘다. 비록 이 작품들에 사회 비판적인 경향이 없는 것은 아니지만, 이는 가족 간의 권력 구도를 중심으로 한 가부장 사회에 대한 비판의 양상을 띤다. 『선고』와 『변신』에서 드러나듯이, 이미 이 시기에 쓴 작품에는 카프카의 핵심적인 생각들이 모두 담겨 있다. 『성』을 분석하는 3장에서 구체적으로 살펴보게 될 아이와 동물로의 변신이나 가모장적 (무)질서에 관한 생각이 이미 이 시기의 작품에 나타나는데, 그 때문에 카프카의 후기 작품에서 그의 세계관의 근본적 변화가 발견되지는 않는다.

카프카는 첫 만남에서부터 호감을 느끼게 된 펠리체에게 편지를 보내기 시작했다. 이후 1917년 10월까지 카프카가 쓴 편지와 엽서는 무려 500통이 넘을 정도로 이들 간의 편지 교류는 활발했다. 이는 단순히 펠리체가 베를린에 살고 있어 서로 자주 만날 수 없었기 때문만은 아니었다. 오히려 카프카는 직접적인 만남보다는 서신 교환을 선호했는데, 이는 편지 쓰기가 또 다른 글쓰기로서 그에게 활력과 기쁨의 원천이 되고 있었음을 의미한다. 하지만 카프카는 이 편지에서 사랑의 고백만 하지는 않았으며, 때로는 펠리체와 결혼을 통한 지속적인 관계를 맺을 수 없는 자신의 상황을 언급하기도 했다. 그는 특히 소화불량, 불면증, 신경과민에 시달리는 자신의 병약함과 결혼과 병립하기 어려운 문학이 자신에게 갖는 실존적 의미를 강조했다.

1913년 초에 자신의 여동생 발리와 자신의 막역한 친구인 브로트가 각각 결혼하면서, 카프카도 점차 결혼에 대해 고민하기 시작한다. 그는 브로트의 집에서 펠리체를 처음 만난 후 7개월이 지나서야 베를린으로 그녀를 찾아갔다. 그가 1913년 6월에 쓴 구혼 편지는 오히려 결혼생활을 방해할 수 있는 자신의 문제점을 나열했으며, 그런데도 자신과 결혼할 수 있는지를 묻는 기이한 내용을 담고 있었다. 펠리체는 카프카가 자신과 결혼하면 글쓰기에 관한 관심을 줄이고 현실적인 삶에 적응해 살아갈 것으로 기대했지만, 카프카는 결혼 이후에도 결코 글쓰기를 포기할 생각이 없었으며, 아이를 낳을 생각은 더더욱 없었다. 그는 펠리체가 그런 자신의 모습 그대로를 받아들여 주기를 바랐지만, 시민적인 평범한 삶을 영위하기를 바라는 펠리체는 카프카의 변화된 모습을 원했다. 이러한 생각의 차이로 이들의 관계는 점점 소원해졌으며, 급기야 펠리체의 친구인 그레테 블로흐가 중재자로 이들을 연결해줄 임무를 맡게 되었다. 하지만 카프카는 감성적이고 열정적인 그레테와 더 친해지며 그녀와 서신 교환을 했고, 펠리체와는 오히려 더 거리를 두었다. 그런데도 카프카는 펠리체에게 청혼했고 아버지의 종용 때문에 펠리체도 이를 수락했다. 1914년 6월 1일에 펠리체의 집에서 카프카와 그녀의 약혼식이 거행되었지만, 카프카는 전혀 행복하지 않았다.

약혼 후에도 카프카는 그레테와 계속해서 연락했고, 이에 부담과 죄책감을 느낀 그레테는 결국 펠리체에게 모든 사실을 고백하고 그녀에게 카프카가 지금까지 자신에게 쓴 편지를 보여주었다. 이에 화가 난 펠리체는 7월 11일에 아스카니셔 호프 호텔에서 카프카를 만났는데, 그 자리에는 펠리체의 언니인 에르나와 그레테 그리고 카프카의 친구인 에른스트 바이스가 함께 있었다. 법정이 되어버린 호텔 방에서 펠리체는 편지를 읽어가며 카프카를 추궁했고, 그에게 결혼을 회피하는 이유에 대한 설명을 요구했다. 결국 이날 만남 후 이들의 파혼이 결정되었다.

카프카에게 문학적 영감과 창작욕을 불러일으키는 계기가 되었던 펠리체와의 만남은, 시간이 흐르면서 오히려 그의 창작을 가로막는 요인이 되었다. 1913년 초부터 1914년 중반까지 카프카는 거의 작품을 쓰지 못했다. 하지만 파혼 이후 7월부터 카프카는 다시 글쓰기에 집중했다. 일종의 재판 과정처럼 여겨졌던 아스카니셔 호텔에서 펠리체와의 만남은 카프카가 『소송』을 집필하는 계기로 작용했다. 여러 개의 작품을 동시에 쓰거나 확실한 구상과 체계 없이 써 내려가는 기존의 글쓰기 방식과 달리, 카프카는 이 소설에서는 첫 장을 쓴 후 바로 마지막 장을 씀으로써 전체적인 구조와 틀을 잡는다. 비록 『소송』 역시 완결되지는 못했지만, 그의 다른 두 장편소설과 비교해 이 소설의 구성은 훨씬 짜임새가 있었다. 또한 이 소설은 『선고』나 『변신』과 달리, 아버지와 아들의 권력관계에 초점을 맞추기보다는 가족의 범위를 넘어 법원이 상징하는 사회 전체 차원의 권력 구조를 탐구한다. 이러한 점에서 이 시기 카프카의 작품에서 다루는 주제와 대상 영역이 더욱 확장되었음을 알 수 있다. 이는 이 시기에 완성된 「유형지에서In der Strafkolonie」(1914년 집필, 1919년 출판)라는 단편소설에서도 입증된다. 비록 1916년 11월 뮌헨에서 열린 이 소설의 낭독회는 혹평을 받았지만, 1914년 7월에 발발한 1차 대전이라는 시대적 배경에서 기술 문명의 파괴성과 제국주의의 문제점을 신랄하게 비판하는 이 소설은 충분히 시의성을 지닌 작품으로 평가할 수 있을 것이다.

1914년 7월부터 10월까지 집중적으로 이루어진 작품의 집필은 10월에 그레테 블로흐가 펠리체와의 화해를 도모하기 위해 카프카에게 보낸 편지로 인해 중단되었다. 카프카는 펠리체를 잊고 자신의 작품활동에만 매진하려고 생각하고 있었는데 이러한 결심이 다시 흔들리게 된 것이다. 만성두통과 소화불량, 신경과민으로 고생하던 카프카는 결혼 문제로 더욱 심경이 복잡해졌고, 이 때문에 차라리 1차 대전에 참여하고 싶은 생각이 들었다. 그리하여 1915년 6월 신체검사에 합격했다는 통지문까지 받았지만, 전쟁으로 인해 업무가 급

증한 노동자 재해보험공사 측에서 카프카를 꼭 필요한 인력으로 내세우며 이의 신청을 해 결국 카프카의 복무가 무기한 연기되었다.

카프카와 펠리체의 관계는 한동안 서먹했지만, 펠리체가 그에게 같이 요양원에 갈 의향이 있는지 물으면서 3주간 함께 마리엔바트로 떠났다. 그곳에서 이들은 다시 가까워져 결국 가족들에게 약혼 계획을 알리고 전쟁이 끝나면 결혼하기로 했다. 휴가가 끝나고 나서도 펠리체와의 좋은 관계는 계속되었다. 펠리체는 동부 유대인 피난민을 보호하는 시설에서 봉사하는 것이 어떻겠냐는 카프카의 제안을 받아들였고, 결혼 후 전업 작가로 일하기로 한 카프카를 지지하며 변화된 삶의 태도를 보여주었기 때문이다.

그런데도 카프카는 여전히 글을 쓰기 위한 시간을 확보하려고 노력하며, 이로 인해 때때로 펠리체와 갈등에 빠지기도 했다. 그는 1916년 11월에서 1917년 4월 사이에 여동생 오틀라가 마련해준 알히미스텐가세의 집에서 소음으로 인한 방해 없이 집필에 몰두할 수 있었다. 이 시기에 그는 여러 단편 소설을 집필했는데, 이는 1919년 『시골 의사』라는 단편집으로 출판되었다. 그 밖에도 카프카는 마르틴 부버가 〈유대인Der Jude〉이라는 잡지에 투고할 글을 부탁하며 그 잡지에 1917년, 10월과 11월에 각각 「자칼과 아랍인Schakale und Araber」(1917)과

「학술원에 드리는 보고Ein Bericht für eine Akademie」(1917)를 실었다.

4) 질병과 죽음: 후기 작품(1917-1924)

1917년 7월 9일 카프카는 프라하에서 펠리체와 두 번째로 약혼했다. 비록 둘 사이의 관계가 여전히 매끄럽지는 못했지만, 이들은 결혼을 약속했고 원래의 계획을 바꾸어 프라하에서 살기로 했다. 하지만 이러한 결정은 같은 해 8월 11일에 갑작스럽게 카프카가 객혈함으로써 지켜지지 못한다. 폐결핵 판정을 받은 그는 부모님 집으로 들어갔고, 노동자 재해보험공사에 퇴직 신청을 했지만 받아들여지지 않았다. 카프카는 자신의 객혈을 막냇동생인 오틀라에게 알렸다. 오틀라는 당시에 보헤미아 지방의 취라우라는 시골 마을에 살고 있었다. 부모의 의사에 반해 농업을 공부하고 농사를 짓고 싶어 했던 오틀라는 병든 오빠를 정성껏 간호해주었다. 카프카는 객혈 이후 펠리체와의 결혼을 단념했고 이 사실을 그녀에게 알렸다. 결국 12월에 두 사람은 두 번째 파혼을 하고 완전히 결별했다. 취라우에서의 시골 생활은 1918년 4월 말까지 이어졌다. 이곳에서 그는 소박한 시골 생활과 자연 풍경을 즐기며 원예를 배우고 히브리어도 공부했다. 그는 미래에 팔레스타인으로 이주하여 농촌 생활을 하면 좋겠다는 생각을 했던 것이다.

　카프카는 취라우에 머물면서 독서도 하고 글도 썼다. 「세이렌들의 침묵Das Schweigen der Sirenen」(1917년 집필, 1931년 출판) 이나 「프로메테우스Prometheus」(1918년 집필, 1931년 출판)처럼 그리스 신화를 변형시켜 새롭게 해석한 작품도 썼지만, 특히 철학적, 종교적 내용의 잠언을 쓰는 데 몰두했다. 지금까지 허구적인 문학 작품의 창작에 몰두했던 것과 달리, 이 시기에는 키르케고르, 쇼펜하우어 같은 철학자와 하시디즘이나 카발라 같은 유대 종교에 관한 책을 읽으면서 성찰적인 글쓰기를 시도했는데, 이 시기의 잠언 모음집을 '취라우 잠언집Zürauer Aphorismen'이라고 부른다.

　1918년 4월 30일에 취라우에서의 시골 생활을 뒤로하고 프라하로 돌아온 카프카는 폐결핵이 호전되었지만, 얼마 안 있어서 10월에 스페인 독감에 걸려 증세가 다시 악화했다. 1918년 11월에 체코인들은 마침내 오스트리아-헝가리 이중 제국의 지배에서 벗어나 체코슬로바키아 공화국을 수립했지만, 건강이 좋지 못했던 카프카는 이런 거대한 시대적 변혁에 관심을 기울일 상황이 아니었다. 그는 휴가를 얻어 셸레젠이라는 작은 마을에서 휴양하게 되었는데, 거기서 마찬가지로 폐결핵 환자로 있던 율리 보리체크라는 유대계 여인을 알게 되었다. 비슷한 처지에 있던 이 두 사람은 곧 가까워져 1919년

3월에 휴양을 마친 후에도 계속 만났다. 같은 해 9월에 카프카는 아무도 모르게 보리체크와 약혼한 후 아버지에게 이 사실을 알렸지만, 아버지는 가난한 유대교회당 사환의 딸인 그녀를 못마땅해하며 카프카에게 차라리 사창가에 가서 욕정을 풀라는 모욕적인 말을 했다. 이 말에 깊은 상처를 입은 카프카는 결혼에 관한 생각을 굽히지 않고 결혼할 집까지 계약해두었으나, 이사하기 직전에 그 집이 다른 사람에게 양도되었다는 소식을 듣는다. 이를 일종의 운명으로 받아들인 카프카는 결국 펠리체에게 했던 것처럼 자신이 결혼에 적합하지 않은 존재임을 강조하며 그녀와 거리를 두었다. 이처럼 반복되는 결혼 실패로 좌절한 카프카는 다시 셸레젠으로 가 그곳에서 이러한 실패 원인이 무엇인지 성찰했다. 그리고 그 근본 원인이 자신과 아버지의 관계에 있었음을 인식하고, 이에 대해 성찰하며 글쓰기를 통해 그 관계를 전복하려 한다. 그것이 바로 1919년 11월에 쓰여 사후에 발표된 「아버지에게 드리는 편지」다.

건강이 안 좋아진 카프카는 1920년 4월에 다시 메란으로 요양을 떠났다. 그곳에서 그는 1년 반 전에 자신의 책을 체코어로 번역한 밀레나 폴락(결혼 전 성은 예젠스카)과 서신 교환을 시작한다. 체코 출신으로 인문계 고등학교를 졸업한 밀레나는 자유분방하고 활달하며 지적인 여성이었다. 그녀는 아버지의 반대를 무릅쓰고 카페 아르코에서 알게 된 유대인 문인 에른스트 폴락과 결혼한 상태였다. 바람둥이인 폴락이 가정에 무관심하고 경제적인 책임마저 다하지 않자 밀레나는 번역 일을 시작했는데, 그 과정에서 알게 된 카프카와 곧 사랑에 빠졌다. 펠리체의 경우와 비슷하게 많은 편지가 오고 갔지만, 우선은 두 사람 사이에 만남은 이루어지지 않았다. 하지만 밀레나의 반복되는 요구로 빈에 사는 그녀와의 첫 번째 만남이 이루어졌고 나흘간 함께 시간을 보냈다. 그런데 이 시기에 아직 율리 보리체크와의 관계가 끝나지 않은 상태여서, 카프카는 밀레나와의 관계를 그녀에게 솔직하게 이야기했다. 결국 율리 보리체크와의 관계는 끝이 났지만, 그렇다고 밀레나와의 관계가 더 진척된 것은 아니었다. 왜냐하면 밀레나는 남편인 폴락을 떠날 생각도, 카프카와의 사랑을 끝낼 생각도 없었기 때문이다. 이 과정에서 카프카는 다시 병세가 악화되었고 그녀에 대한 생각도 서서히 접기 시작한다.

카프카는 1920년 12월에 고지대에 있는 마틀리아리로 요양을 떠난다. 원래 3개월을 계획했던 그곳에서의 체류는 9개월간의 장기 체류가 되었다. 이곳에서 그는 스물한 살의 의대생 로베르트 클롭슈토크라는 헝가리 출신 유대인 청년을 만난다. 폐결핵을 치료하기 위해 이곳에 온 그는 카프카를 존경하며 스승처럼 따랐고 카프카의 병간호를 하기도 했다.

카프카도 그를 좋아해 함께 대화하며 시간을 보냈다. 비록 카프카는 이곳에서 이따금 잡지를 읽기는 했지만 집필활동은 중단했다. 밀레나는 그에게 편지했지만, 카프카는 그녀를 만날 생각이 없었다. 이들의 관계는 1922년 5월의 만남을 마지막으로 끝난 것으로 보인다.

마틀리아리에서의 요양과 이어진 프라하에서의 집중 치료에도 카프카의 병은 호전되지 않았다. 오히려 정신착란 증세까지 오면서 건강은 더욱 악화했다. 결국 카프카는 1922년 1월 27일에 주치의인 오토 헤르만과 함께 자이언트 산맥에 있는 슈핀델뮐레로 요양을 떠났다. 고지대에 있는 눈 덮인 작은 마을로 썰매를 타고 들어서면서, 그는 무언가 새로운 글을 쓸 수 있겠다고 생각했다. 비록 그곳에서 보낸 3주의 시간이 그에게 건강을 호전시켜 주지는 못했지만, 그는 창작욕에 불타 『성』(1922년 집필, 1926년 출판)의 집필을 시작했다. 프라하로 돌아왔지만 더 이상 일을 할 수 없어 퇴직 신청을 한 카프카는 6월 23일 오틀라가 딸과 함께 지내고 있는 남부 보헤미아 지방의 플라나라는 작은 마을로 요양을 떠났다. 동생의 헌신적인 보살핌을 받으며 카프카는 그곳에서 『성』의 상당 부분을 썼지만, 건강 악화로 결국 8월에 집필을 중단하고 만다.

카프카는 1922년에 『성』 외에도 예술가의 문제를 다룬 「첫 번째 시련Erstes Leid」(1922년 집필, 1923년 발표)과 「단식예술가

Ein Hungerkünstler」(1922)를 썼고, 「어느 개의 연구Forschungen eines Hundes」(1922년 집필)도 썼지만 완성하지는 못했다.

말년에 카프카는 팔레스타인으로 이주하려는 계획을 세우고 있었다. 이를 위해 그는 오래전부터 원예와 히브리어를 배웠고, 몸이 아픈 상황에서도 계속해서 히브리어를 공부했다. 유대인에 대한 차별과 박해가 점점 심화하는 정치적 상황과 건강의 악화 때문에 온화한 기후에서 지내고 싶은 마음이 이러한 결심을 하게 만들었다. 더욱이 학창 시절 친구이자 지금은 예루살렘 도서관장으로 있는 후고 베르크만의 도움도 기대할 수 있었다. 그는 자신의 현재 건강 상태가 팔레스타인으로 장거리 여행을 감당할 수 있는지 시험해보기 위해 여동생 엘리와 그녀의 아이들과 발트해의 뮈리츠로 여행을 떠난다. 그 근방에 동유럽 피난민 아이들을 보호하고 있는 '베를린 유대 민족 탁아소'가 있었다. 카프카는 그곳에서 일하는 스물다섯 살의 도라 디아만트라는 여성을 알게 되고 그녀와 사랑에 빠진다. 비록 베르크만의 아내인 엘제로부터 팔레스타인으로 이주할 것인지를 묻는 편지가 왔지만, 그는 건강상의 이유로 힘들 것 같다는 답신을 보낸다. 대신 그는 오래전부터 꿈꿔 왔던 베를린에서의 전업 작가로 사는 삶을 실행하기로 한다.

카프카는 부모님께도 비밀로 한 채 1923년 9월 22일에 프라하를 떠나 베를린으로 이주했다. 하지만 1차 대전의 패배로 막대한 전쟁배상금을 지급해야 했고 엄청난 인플레이션으로 물가가 급등한 베를린에서 카프카와 도라 디아만트는 궁핍한 삶에 시달릴 수밖에 없었다. 그런 가운데에도 그해 말과 1924년 초 사이에 「작은 여인Eine kleine Frau」(1924)과 미완성 원고인 「굴Der Bau」(1923-24년 집필, 1928년 출판)을 썼다. 베를린에서의 경제난과 건강 악화로 카프카는 다시 요양해야 하는 상황이 되어 1924년 3월 프라하로 떠났다. 그곳에서 심각한 건강 상태에도 불구하고 그의 마지막 작품인 「요제피네, 여가수 또는 생쥐 종족Josefine, die Sängerin oder das Volk der Mäuse」(1924)을 완성했다. 하지만 후두에 참을 수 없는 고통을 느낀 그는 결국 클로스터노이부르크 근교 키어링의 한 요양원에 입원했다. 결핵이 후두까지 퍼져 더는 치료할 수 없는 상황에 부딪혔지만, 도라 디아만트와 로베르트 클롭슈토크는 마지막까지 헌신적으로 카프카를 간호했다. 결국 1924년 6월 3일에 카프카는 키어링 요양원에서 숨을 거둔다.

2.

『성』의 생성사와 출판 과정

✕

카프카는 1917년에 객혈하고 폐결핵 진단을 받는다. 건강 악화로 1920년 가을부터 글쓰기를 중단한 카프카는 1922년 1월에 체코의 자이언트 산맥에 있는 슈핀델뮐레로 요양차 여행을 떠난다. 그곳 겨울 휴양지 풍경은 『성』의 도입부의 묘사에도 영향을 미친다. 그는 그곳에서 2월까지 머무르며 『성』에 관한 구상을 시작한다. 요양을 마친 그는 프라하로 돌아와 계속 작업을 하지만, 건강이 악화하여 7월에 노동자 재해 보험공사를 그만두게 된다. 그는 6월부터 9월까지 남부 보헤미아의 플라나에 있는 여동생 오틀라의 집에 머물며 계속 『성』을 집필하지만, 8월 말에 신경쇠약으로 집필을 중단한다. 브로트에게 쓴 편지에서 카프카는 건강상의 이유로 소설을 중단해야 할 것 같다고 밝힌다. 또한 그는 이 소설을 어떤 특별한 초안이나 구상 없이 써 내려갔는데, 이것 역시 그가 『성』을 완성하지 못한 이유 중 하나였을 것이다.

　　카프카는 건강 악화로 결혼과 직장이라는 시민적 삶에서 완전히 벗어나게 되었지만, 그것이 그에게 글을 쓸 수 있는 자유를 가져다주지는 못했다. 심각한 건강 상태로 인해 그가 온전히 글쓰기에 집중하기 힘들었기 때문이다. 그래서 1920년 가을부터 1921년까지 작품활동을 중단하게 된다. 그러다가 1922년에 『성』을 집필하면서 창작활동을 다시 재개한다. 카프카는 건강 악화 때문에 결혼해서 가정을 꾸리는 시민적 삶을 완전히 포기하게 되었고, 직장을 그만둠으로써 사회적인 생활도 영위하기 어렵게 되었다. 이에 대한 고민과 성찰은 이 시기에 쓰인 카프카의 일기에도 자주 나타난다. 이러한 개인적 경험은 『성』의 주인공인 K.가 결혼해서 가정을 이루지 못하고, 안정적인 직장을 얻지도 못한 채 사회적인 삶에서 배제되어 고립된 모습에도 반영된다. 또한 카프카는 제대로 잠을 자지 못하고 불면증에 시달렸는데, 이는 연락비서인 뷔르겔의 방에서 제대로 잠을 자지 못해 비몽사몽인 K.를 연상시킨다. 하지만 카프카의 전기를 바탕으로 그의 후기 작품을 비관적 관점에서만 해석하는 것은 문제가 있다. 물론 카프카가 『성』을 집필하던 시기에 그의 건강이 매우 좋지 않았고 그가 죽음에 대해 더 진지하게 생각하기 시작한 것은 사실이지만, 그의 초기 작품부터 이미 죽음은 단순히 생물학적인 죽음 이상의 의미를 지녔기 때문이다.

　원래 이 소설은 제목이 붙여지지 않았고 카프카의 친구인 브로트가 나중에 '성'이라는 제목을 붙였다. 브로트는 카프카가 이 소설을 '성'으로 부르곤 했다고 말했는데, 브로트에게 보낸 그의 편지에서도 이 소설은 '성 이야기'로 불린다.[1]

　브로트는 카프카가 죽고 나서 1926년에 『성』을 처음으로 출판했다. 이 판본에서 브로트는 미완성 원고인 『성』에 완결된 인상을 주려고 일부 구절을 생략하는 등 개입했다. 이후에 브로트는 이전에 생략한 구절을 보완하고 부록에서 카프카가 삭제한 구절도 보충하여 다시 출판했다. 특히 1951년에 피셔 출판사에서 나온 판본은 이후 약 30년간 모든 다른 판본의 토대가 된다. 하지만 맬컴 패슬리는 브로트 판본에서 텍스트와 장의 배치가 실제 원고와 맞지 않는 등 많은 문제점이 있음을 지적한다. 그리하여 1982년 패슬리의 작업으로 『성』의 텍스트 비평본이 출판되었다.[2]

3.

줄거리

✕

1) 전체 줄거리

고향을 떠난 이방인 K.는 어느 날 베스트베스트 백작의 성이 있는 마을에 도착한다. 그는 성으로부터 측량사로 초빙받았다고 주장하지만, 마을에서는 측량사를 초빙한 적이 없다며 그에게 측량사 업무 대신 학교 관리인 업무를 맡긴다. K.는 이에 대한 자초지종을 듣고 싶고, 클람의 애인이었던 프리다와의 결혼에 대해 클람이 어떤 반응을 보일지도 알고 싶어, 그를 만나려 하지만 성공을 거두지는 못한다. K.는 헤렌호프 여관에서 알게 되어 결혼을 약속한 여급 프리다 및 두 명의 조수와 함께 학교에서 지내며 관리 업무를 수행한다. 하지만 허락 없이 창고에서 장작을 꺼내와 불을 땐 것 때문에 선생과 충돌한다. 또한 K.는 자기 일에 방해가 되고 프리다에게 추근대는 조수들에게 해고를 통보하며, 이들을 학교에서 쫓아낸다.

학교를 나온 K.는 성의 심부름꾼인 바르나바스를 만나러 그의 집으로 간다. 하지만 바르나바스가 없어서 대신 그의 누나인 올가와 대화를 나눈다. 올가는 마을 사람들이 자신의 가족을 피하고 멸시하게 된 이유를 설명한다. 3년 전 소방 축하 행사에서 자신의 여동생인 아말리아가 성의 관리인 소르티니의 부름을 거부하고 그가 보낸 상스러운 편지를 찢어 심부름꾼의 얼굴에 던졌는데, 그 사실이 알려지자 성의 시선을 두려워한 마을 사람들이 자신의 가족과의 모든 접촉을 끊었다는 것이다. 그 후 아말리아를 제외한 바르나바스 가족은 성과의 접촉을 시도하며 다시 성의 인정을 받으려 애쓰지만 성공을 거두지는 못한다. 다만 성의 심부름꾼으로 일하게 된 바르나바스는, K.가 이 마을에 온 이후 처음으로 클람이 쓴 편지를 그에게 전달할 임무를 맡게 되어 K.에 관한 일을 자기 집안의 운명을 결정할 중대한 문제로 받아들인다.

그런데 K.가 바르나바스의 집에 간 것을 알게 된 프리다는 화가 나서 그를 떠나 다시 헤렌호프 여관에서 일하기 시작한다. 또한 그녀는 K.가 학교 밖으로 쫓아내는 바람에 감기에 걸린 조수 예레미아스를 불쌍히 여겨 돌보다가 그와 사귄다.

K.는 우연히 바르나바스를 만나 에어랑어라는 클람의 비서가 그를 찾는다는 말을 듣고 헤렌호프 여관을 찾아간다. 하지만 에어랑어의 방을 잘못 찾아 뷔르겔이라는 연락비서의 방으로 들어간다. 뷔르겔은 한밤중에 찾아온 K.에게 민원인이 밤에 갑자기 관리의 방에 들어와 청원하면 이를 들어주게 된다고 알려주지만, 졸음을 참지 못한 K.는 그의 말을 제대로 듣지 못한 채 좋은 기회를 날리고 만다. 또한 K.는 그 이후 에어랑어를 만나 간단히 대화를 나누고 성의 관리들이 묵고 있는 객실 복도로 간다. 그곳에서 하인들이 나눠주는 서류를 받고 있던 관리들은 금지된 구역에 갑자기 나타난 K.로 인해 당황하며 어찌할 줄 모른다. K.가 소동을 일으키는 바람에 객실 복도로 올라온 여관 여주인이 K.를 나무라자, 그는 그녀에게 아무것도 몰랐다며 사과한다. 다음 날 여관 여주인은 자신에게는 옷을 잘 차려입는 것이 매우 중요하다며 K.와 옷에 관한 이야기를 나눈 후, 내일 새 옷이 오면 그를 불러 이야기를 들어야 할지도 모르겠다고 말한다. 한편 헤렌호프 여관의 객실 하녀 페피는 일자리도 없고 머물 곳도 없는 K.에게 자신과 두 하녀가 함께 쓰는 방에서 같이 지내자고 제안한다. 또한 마부인 게르슈테커도 K.에게 학교 관리인 일을 그만두고 자신의 집에서 말을 돌보며 임시로 지내는 게 어떻겠냐고 제안하며 그를 자신의 집으로 데려간다.

2) 상세 줄거리

1장–5장: K.의 성 마을 도착과 프리다와의 만남 그리고 마을 면장 방문

　　K.는 어느 날 베스트베스트 백작의 성이 있는 마을에 도착하여 그곳의 한 여관에 머문다. 브뤼켄호프라고 불리는 이 여관에서 잠을 자고 있는데, 성의 하급집사의 아들인 슈바르처가 그의 잠을 깨우며, 성의 허락 없이 이곳에서 잘 수 없다며 그를 내쫓으려 한다. 이에 K.는 자신이 성의 초대를 받은 측량사라고 말한다. 슈바르처는 성의 사무국에 전화를 걸어 초빙받은 측량사가 있는지 확인하는데, 처음에는 그런 사람이 없다고 하지만 나중에는 이를 정정해 K.는 여관에 머물 수 있게 된다. 다음 날 K.는 여관에서 자신의 조수로 임명된 예레미아스와 아르투어를 만난다.

　　성의 사무국 국장인 클람은 바르나바스라는 심부름꾼을 시켜 K.에게 전갈을 보낸다. 그 편지에는 K.가 고용되었다는 말만 있을 뿐, 측량사로 고용되었다는 말은 쓰여 있지 않다. 또한 클람은 K.의 직속 상관이 마을 면장이니 그를 찾아가라며 연락은 바르나바스를 통해서만 하겠다고 쓴다. 이로써 K.가 클람을 만나 직접 이야기할 수 있는 상황이 차단된다. 바르나바스의 누나인 올가를 따라 헤렌호프 여관으로 간

K.는 그곳에서 클람의 애인인 프리다를 만나 그녀와 관계한
다. K.와 성관계를 함으로써 더 이상 헤렌호프에서 여급으로
일할 수 없게 된 프리다는 클람의 애인 자격도 상실한다. 그
녀는 K.와 함께 자신이 어머니라고 부르는 가르데나가 운영
하는 브뤼켄호프 여관으로 간다. 그런데 K.는 여관 여주인과
프리다의 만류에도 불구하고 클람을 직접 찾아가 만나겠다
고 고집을 피운다.

　　K.는 일단 직속 상관인 마을 면장의 집을 찾아간다. 마을
면장은 자신이 측량사로 고용되었다는 K.의 주장을 듣고, 몇
년 전에 성에서 측량사를 초빙하는 문제와 관련해 막 면장으
로 부임한 자신에게 문의해 온 적이 있었다고 말한다. 하지만
자신이 마을에 측량사가 필요 없다는 답변의 서신을 보냈는
데, 이것이 잘못 전달되어 오랜 혼란을 거쳐 마침내 담당 부
서가 그 사실을 알게 되었고, 자신에게 문의해 결국 측량사가
필요 없는 것으로 결정이 났는데 K.가 이곳에 와 다시 혼란스
럽게 되었다는 것이다. K.는 클람의 서신을 근거로 들고 또한
슈바르처가 성에 전화해 측량사가 고용되었음을 확인했다고
주장하지만, 면장은 클람의 서신은 공문이 아니라 개인적 편
지일 뿐이고, K.가 측량사로 고용되었다는 표현은 어디에도
없다고 반박한다. 또한 성에 전화를 걸어 문의할 경우 받게
되는 대답은 아무런 의미가 없으며 그것을 신뢰할 수도 없다

고 말한다. 그러나 면장은 K.를 내쫓으려는 것은 아니라며 성에서 연락이 오면 또 부르겠다고 말하지만, K.는 자신이 성의 은총을 구하는 것이 아니라 자신의 권리를 주장할 뿐이라고 말하며 면장의 집을 떠난다.

6장-10장: 브뤼켄호프 여관 여주인과의 언쟁과 헤렌호프 여관에서 클람과의 만남 실패

면장을 만나고 브뤼켄호프 여관으로 돌아온 K.는 힘이 빠져 누워 있는 여관 여주인과 대화를 나눈다. 여관 여주인 가르데나는 자신이 이전에 클람으로부터 받은 세 개의 기념품을 보여주며 이를 자랑스러워하지만, 그 이후 그가 자신을 더 이상 부르지 않았다고 말한다. 그것은 20년 전의 일이지만 그녀는 아직도 그 영향에서 완전히 벗어나 있지 못하다. 가르데나는 K.에게 그 당시 일을 이야기해준다. 그녀는 클람이 더 이상 자신을 부르지 않아 매우 낙담해 있던 차에, 마부인 한스가 그녀에게 말을 걸고 위로해주었다고 말한다. 아내의 죽음으로 여관을 운영할 수 없게 된 한스의 삼촌은 그것을 한스와 가르데나에게 싸게 임대했고, 두 사람은 여관을 함께 운영하며 결혼까지 하게 되었다. 그녀는 몸을 돌보지 않고 열심히 여관을 운영해 자기 소유로 만들었지만, 이로 인해 병이 들고 늙게 되었다. K.는 그녀가 과거를 잊기 위해 그렇게 건강도 돌보지 않고 열심히 일해서 사업이 번창했지만, 병이 들었으니 그녀의 삶에 미친 클람의 영향을 부인할 수 없다고 주장한다. K.는 프리다와 결혼했을 때 과연 그녀도 클람의 영향에서 벗어날 수 있을지를 알고 싶어 한다. 가르데나가 K.에게 왜 클람과 만나려고 하는지 묻자, K.는 그가 자신의 결혼에 어떤 태도를 보일지 알고 싶다고 대답한다. 여관 여주인이 일주일 안으로 클람의 회답이 오게 해주겠다고 약속하지만, K.는 거절의 회답이 올 경우에도 자신은 그와의 만남을 포기할 생각이 없다며 그녀에게 면담을 부탁할 필요가 없다고 말한다. 반항적인 K.의 말과 태도에 화가 난 가르데나는 그럼 그가 원하는 대로 하라고 말하고는 자리를 떠난다.

마을 면장을 보조하며 돕고 있는 선생이 여관으로 K.를 찾아온다. 그는 자신은 이해할 수 없지만, 면장이 관대한 마음으로 K.에게 측량사 대신 학교 관리인 직을 제안했다고 말한다. K.는 이 제안을 우선은 거절하지만, 프리다가 여관주인이 자신만 남고 K.는 이곳을 떠나라고 했다며, 갈 곳이 없으니 이 제안을 수락하자고 해서 마지못해 수락한다.

K.는 혼자 헤렌호프 여관을 찾아간다. 여관 마당에서 클람의 마부가 썰매를 끌고 나와 출발을 준비하는 모습을 본 K.는 그곳에서 클람을 기다린다. 하지만 기다려도 클람은 나오지 않는다. 한 젊은이가 여관에서 나와 K.에게 같이 안으로

들어가자고 하지만, K.는 기다리는 사람이 있다며 이러한 요청을 거부한다. 그 젊은이는 마부에게 썰매를 도로 마구간에 갖다 놓으라고 지시한다. 결국 K.는 그곳에서 클람을 만나지 못한다. 이 젊은이는 클람의 마을 비서인 모무스로 K.에게 조서 작성에 협조해달라고 하지만, K.는 이를 거부하고 여관을 나온다.

여관을 떠나 집으로 가던 중 K.는 자신을 마중 나온 조수들과 바르나바스를 만난다. 바르나바스는 클람의 편지를 K.에게 전달한다. 그 편지에는 K.가 측량사의 업무를 잘하고 있으며 앞으로도 잘해주기를 바란다는 내용이 쓰여 있다. K.는 측량 일을 전혀 하고 있지 않기 때문에 무언가 오해가 있는 것으로 생각하며, 바르나바스에게 클람을 찾아가 자신이 조건 없이 그를 뵙기를 바란다는 말을 꼭 전해달라고 부탁한다.

11장-14장: 학교 선생과의 충돌과 어린 한스와의 대화

K.가 학교로 돌아왔을 때 교실이 너무 추워 닫혀 있는 창고에서 장작을 꺼내와 불을 땐다. 덕분에 K.와 프리다는 따뜻하게 잘 수 있었지만, 다음 날 아침 늦잠을 자다가 들이닥친 선생들과 학생들을 속옷 차림으로 맞이하게 된다. 더욱이 남자 선생은 누가 허락도 없이 창고 문을 부수고 장작을 꺼내왔

냐고 다그치는데, 프리다는 처음에는 자신이 그랬다고 말하지만, 조수들은 K.가 그랬다고 고자질한다. 선생이 거짓말을 했다며 조수를 때리자, 프리다는 결국 K.를 희생시키며 K.가 그런 것이 맞다고 자백한다. 이에 선생은 이들이 직무를 위반했으니 해고라며 당장 학교를 떠날 것을 명령하지만, K.는 자신에게 이 자리를 준 사람은 마을 면장이니 그가 직접 해고하지 않는 이상 학교를 떠날 수 없다고 맞선다.

K.는 조수들을 교실에서 쫓아내고 그들에게 해고를 통보한다. 쫓겨난 조수들은 학교 밖의 울타리 주위를 계속 왔다 갔다 하며 애원하지만, K.는 뜻을 굽히지 않는다. 프리다는 조수들이 사실은 자신에게 치근덕거려 왔다며 K.가 그들을 쫓아낸 것에 동의하는 척하면서도, 그들이 클람이 보낸 자들일지도 모르며 그렇다면 그들을 쫓아냄으로써 클람에게 접근할 수 없게 될지도 모른다며 그들을 받아들일 것을 종용한다. 하지만 K.는 자신이 받은 편지에서 클람이 조수들에 대해 잘 모르는 태도를 보인 것으로 미루어 그들이 클람이 보낸 자일리 없다며 해고를 철회하지 않는다.

잠시 후 한스 브룬스비크라는 아이가 K.를 찾아온다. 그는 여선생 기자Gisa가 고양이 발톱으로 K.의 손등에 상처를 낸 것을 보고 K.의 편을 들기로 마음을 먹었다며 그를 찾아온 이유를 설명한다. K.는 자신을 돕겠다는 한스의 말에 오히려 자신이 도움을 주고 싶다며 아픈 한스의 어머니를 만나게 해달라고 부탁한다.

한스가 떠난 뒤, 프리다는 자신과 가까운 여관 여주인 가르데나의 말을 빌려, K.가 자신을 클람을 만나기 위한 수단으로만 이용하는 것은 아닌지 의구심을 표한다. K.는 자신이 클람을 만나려는 것은 자신뿐만 아니라 프리다를 위한 일이기도 하다며, 그를 만나기 위해 자신이 모든 수단을 강구하려는 것을 부인하지 않으면서도 이를 악의적으로 해석하지 말 것을 요청한다.

15장-20장: 올가가 들려준 아말리아 사건과 바르나바스 가족의 몰락 이야기

K.는 조수들을 학교에서 쫓아내고 밖에서 바르나바스가 오기를 기다렸지만, 그가 오지 않자 잠깐 들를 요량으로 그의 집을 찾아간다. 바르나바스는 집에 없었고, 아말리아가 문을 열고 K.를 맞이한다. 아말리아는 K.가 프리다와 약혼했다고 말해도 별로 신경 쓰지 않으며 올가가 그를 좋아한다고 말한다. 그리고 종종 바르나바스의 일을 핑계로 자신의 집에 놀러 오라고 한다.

K.는 바르나바스의 집을 떠나지 않고 계속 머무르며 올가와 대화를 나눈다. 올가는 K.에게 바르나바스가 하급 심부

름꾼이 입는 관복을 받아야 하지만 아직 받지 못하고 있고, 그가 성의 관청 사무실에서 오랜 기다림 끝에 만나는 클람이 정말 클람인지도 확실하지 않다며 의심을 표명한다. 그녀의 말에 따르면, 바르나바스도 자기 일에 대한 의구심이 있어 때로는 성에서 편지를 받아와도 낙담한 나머지 곧바로 K.에게 전달하지 못한다. K.는 자신도 바르나바스가 하는 일의 의미를 이제 더 이상 과대평가하지 않고 있지만, 그래도 그가 가져오는 편지가 어쨌든 클람이 직접 쓴 것이라는 사실은 마을 면장이 확인해주었으므로 그 편지가 클람과 무관하다고 보기는 어렵다고 말한다. 올가는 바르나바스가 자기 일까지 팽개치고 자진해서 성의 심부름꾼 일을 시작한 이유가 있음을 밝힌다. 그러면서 K.가 바르나바스를 낮게 평가하는 이유는 그가 자신의 집안에 얽힌 비밀을 알지 못해서라며 이에 관한 이야기를 그에게 들려준다.

3년 전 성은 소방대의 축하 행사 때 새 소방차를 한 대 기증했다. 아말리아를 비롯해 바르나바스의 가족도 그 행사에 참여했다. 그때까지만 해도 청년 같았던 그의 아버지는 소방대의 훈련책임자로서 신망이 높았다. 그런데 그날 유난히 아름다웠던 아말리아에게 반한 성의 관리인 소르티니는 심부름꾼을 통해 그녀에게 상스러운 협박성 편지를 보냈다. 편지를 받는 즉시 자신이 묵고 있는 여관으로 오라는 내용이었다.

이에 모욕감을 느낀 아말리아는 즉시 그 편지를 찢어 심부름꾼의 얼굴에 던졌고 소르티니가 머무르는 헤렌호프 여관에도 가지 않았다. 그리고 이날부터 바르나바스 가족의 몰락이 시작되었다.

제화공이었던 아버지의 고객들은 손해를 보고서라도 주문을 취소하거나 구두를 찾아갔고, 그녀의 아버지를 높이 평가하던 소방대장 제만도 그를 협회에서 면직하고 면허장 반납을 요구했다. 그 후 바르나바스 가족은 서로 이야기를 나누며 해결책을 찾았지만, 아말리아는 침묵으로 일관했다. 성이 직접 개입하여 처벌을 내린 것은 아니었지만, 올가는 이 모든 것이 마을 사람들이 성의 시선을 두려워하기 때문이라며 성이 이 사건 이후의 상황 전개에 영향을 미쳤다고 말한다. 물론 바르나바스 가족이 빨리 이 문제에서 벗어나 다시 마을 사람들과 관계를 맺거나 성과 연고가 있어 사건을 해결했다는 소식을 들고 왔으면, 마을 사람들은 그들을 환영하며 맞아주었을 것이다. 하지만 그들은 그렇게 하지 못했고, 결국 예전에 아버지의 조수였던 브룬스비크가 그들의 집에 들어와 살게 되었으며, 그들은 지금의 오두막으로 집을 옮겨야 했다. 이로 인해 경제적으로도 몰락했을 뿐만 아니라 사람들과의 관계도 끊기고, 멸시와 혐오의 대상이 되었다.

이후 아말리아를 제외한 가족 모두 각자의 방식으로 성

에 애원하거나 졸라대기 시작했다. 그녀의 아버지는 이전에 호감이 있었던 소르티니를 더 이상 만날 수 없게 되자 마을 면장, 비서, 변호사, 서기 등에게 탄원했지만, 이들은 그를 만나주지도 않았다. 설령 만나 주어도 성에서 대체 무엇을 용서하라는 말이냐며 자신들에게는 고소가 접수되지 않아 뭔가할 수 있는 것이 없다는 답변만 했다. 그녀의 아버지는 아말리아의 명예를 찾아주겠다고 했지만, 사실은 용서를 받으려고 한 것이었다. 하지만 죄를 확인할 수 없으니 당연히 용서를 받을 수도 없었다. 어느 날부터 그녀의 아버지는 성 관리들의 마차를 길에서 급습해 용서를 구하려는 계획을 세우고, 비가 오나 눈이 오나 매일 거리에서 그들을 기다렸다. 하지만 당연히 용서를 받을 수는 없었으며, 오히려 추운 겨울에 장시간 밖에 서 있다가 병이 들었고, 나중에는 아버지 혼자 가게 내버려둘 수 없었던 어머니마저 병이 들어버렸다.

올가는 아버지가 몸이 좋지 않아 더는 길거리에서 성의 관리를 만날 수 없게 되자, 그녀 스스로 헤렌호프 여관으로 가서 성의 하인들을 만나 성과의 관계를 회복하기 위해 노력했다. 특히 사람들이 소르티니의 심부름꾼을 모욕한 것만을 죄인 것처럼 이야기했기 때문에, 그 심부름꾼을 찾아내 죄를 용서받으면 적어도 겉으로는 문제가 해결되는 셈이어서, 헤렌호프 여관에서 알게 된 하인들을 통해 그를 찾아내려고 했다. 하지만 그 심부름꾼의 모습을 정확히 기억하기 힘든 데다가, 소르티니와 마찬가지로 그 심부름꾼도 자취를 감춰 찾아낼 수가 없었다. 올가는 하인들과 성관계를 맺고 돈을 받기도 했는데, 자신이 그들과 좋은 관계를 맺으면 성에서 지켜보는 사람이 자신과 가족에게 더 후한 평가를 내릴지도 모른다고 생각해 계속 헤렌호프 여관을 찾아갔다. 또한 그녀는 심부름꾼이 그만두었으니 바르나바스가 그를 대신해 일할 수 있지 않겠냐고 바르나바스를 부추겼다. 하지만 바르나바스는 실망스럽게도 성으로부터 아무런 임무도 받아오지 못하고 허탕을 치며 의기소침해 있었는데, 그때 K.가 측량사로 오게 되면서 클람으로부터 편지를 받아 K.에게 전달하는 첫 번째 임무를 맡게 되었던 것이다. 이로써 올가에게나 바르나바스에게 K.의 일은 단순히 제삼자의 일이 아니라, 자신들이 성으로부터 인정받는 것과 밀접히 연결된 아주 중요한 일로 인식되었다.

올가가 K.에게 이런 옛이야기를 들려주고 있을 때, 한 방문객이 그 집을 찾아온다. K.는 이웃집 울타리를 넘어 밖으로 나왔는데, 그곳에는 조수 중 한 명인 예레미아스가 와 있었다. 예레미아스는 아르투어가 성에 조수직을 그만두겠다고 통보하고 답변을 기다리고 있으며, 자신도 곧 일을 그만둘 예정이라고 말한다. 그러면서 프리다가 걱정되어 K.가 바르나바스 집에 있을 것 같아 이곳에 찾아왔다고 덧붙인다. 그리고 자신은 곧 헤렌호프 여관에서 객실 서비스를 할 것이고, 프리다도 다시 주점에서 일하게 될 것이라고 말한다.

21장-24장: 프리다와의 결별, 비서 뷔르겔과의 만남 그리고 서류 배달 방해 사건

K.는 예레미아스와 이야기를 나누다가 바르나바스를 만난다. 바르나바스는 성에서 클람의 수석비서 에어랑어를 만나 중요한 전갈을 받았는데, 그 내용은 K.가 당장 그가 묵고 있는 헤렌호프 여관으로 와야 한다는 것이었다. 그곳에서 K.는 마부인 게르슈테커와 함께 방에서 자고 있는 에어랑어를 기다린다.

헤렌호프 여관 복도에서 K.는 우연히 프리다를 만난다. 프리다는 K.가 자신을 버리고 자신이 싫어하는 바르나바스 집으로 가서 그 집 여성들의 유혹에 넘어간 것이 자신들이 헤어진 이유라고 생각하는 반면, K.는 자신이 그 집에 가는 것은 자신뿐만 아니라 프리다에게도 중요한 문제를 해결하기 위함임을 알지 않냐면서 오히려 프리다가 클람을 연상시키는 조수들의 유혹에 넘어갔다며 그녀에게 책임을 전가한다. 프리다는 자신이 꿈꾸는 유일한 것이 바로 K.라고 말했다가도 반대로 그에게 왜 자신을 쫓아다니냐며 자신에게 오지 말라는 모순적인 태도를 보인다. 결국 그녀는 감기 몸살에 걸린 예레미아스를 돌보기 위해 자기 방으로 돌아가며 K.와 자연스럽게 헤어진다.

　　K.는 비서 에어랑어의 방을 찾을 수 없어 아무 방이나 들어가 확인해보고자 했는데, 그렇게 해서 프리드리히의 연락비서인 뷔르겔의 방에 들어가게 된다. 뷔르겔은 K.에게 비서들이 한밤중에 소환해 심문하는 것을 좋아하지 않는데, 왜냐하면 이 시간대에는 자칫 공적인 업무에 사적인 것이 침투해 민원인의 처지와 고통에 더 공감하게 되며 그들의 청원을 들어주기 쉽기 때문이라는 것이다. 그래서 비서들은 한밤중에 민원인을 소환하지 않지만, 민원인이 의도치 않게 그를 방문할 수 있다고 말한다. 물론 그 사건의 담당자가 아니면 자기 일도 바빠서 그런 일에 관심을 가지고 도와주기 힘들지만, 한 사건에는 주 담당비서 외에도 여러 비서가 연루되어 있으므로, 이들 중 한 명이 그 사건과 관계가 있다면 거의 일어날 수 없는 일이지만 그런 도움을 주는 경우가 생길 수도 있다. 그래서 한밤중에 민원인이 갑자기 들이닥치면 그의 청을 거부하기 어려워지며, 관리는 설령 그러한 청으로 관청 조직이 와해하는 한이 있더라도 그것을 들어주게 된다는 것이다. 뷔르겔은 민원인이 자신의 청을 말하기만 하면 된다고 K.에게 말하지만, K.는 너무 졸려 그러한 말에 집중하지 못하고 잠이 든

다. 그리고 마침내 옆방에서 "거기 측량사 아닌가요?"라며 에어랑어가 말하는 소리가 들려, K.는 잠에서 깨어나 뷔르겔의 방을 나온다.

K.는 막 방에서 나와 여관을 떠나려는 에어랑어를 만난다. 에어랑어는 자신이 K.를 부른 이유를 간단히 설명하는데, 클람이 그런 일에 신경을 쓸 분은 아니지만, 자신에게는 마음에 걸려 프리다를 원래대로 헤렌호프 주점의 여급으로 복귀시키라고 전하라는 것이었다. 이제 복도로 나온 K.는 성의 하인들이 바쁘게 서류를 배달하고 있는 장면을 본다. 신사들은 서류를 받은 후 곧바로 자기 방으로 돌아가거나, 그 서류를 받지 못한 채 문밖에 내버려두거나, 잘못 배달된 서류를 놓고 하인들과 협상하고 있었다. 그런데 어느 순간 복도가 소란해지고, 마침내 한 성의 비서가 벨을 눌러 여관주인 내외가 올라온다. 그들은 K.에게, 사실 그가 복도에 서 있었기 때문에 비서들이 복도로 나올 수 없었고 그로 인해 서류 배달에 차질이 생기고 온갖 혼란이 벌어졌다고 하며 그를 나무란다. K.는 자신은 정말 이에 대해 아무것도 몰랐고 너무 피곤해서 그런 것을 눈치채지 못했노라고 사과한다. 여관 여주인은 하녀인 페피를 불러 K.에게 베개가 될 만한 아무거나 주라고 말하고는 그곳을 떠난다.

페피는 K.에게 나흘 전에 이곳에 오기 전까지 객실 하녀로 일했는데, 이 일은 너무 힘들고 자신은 성의 관리에게 들키지 않도록 숨어 지내야 했다고 말한다. 그런데 K.가 등장하면서 그녀가 꿈꿨던 일이 일어났다. 프리다가 K.와 함께 헤렌호프 여관을 떠나게 되자, 그녀가 주점 여급으로 승격하게 된 것이다. 그런데 얼마 되지도 않아 K.의 잘못 때문에 프리다가 다시 주점 여급으로 돌아와, 그녀는 이전의 자리로 돌아가게 되었다. 페피는 나흘밖에 안 되었지만 자기가 주점에 오는 분들에게 호감을 얻고 인정받았다며, 하루만 더 있었어도 자신이 자리를 잡았을 거라고 주장한다. 또한 페피는 프리다가 사실은 클람과 별 관계가 없지만 마치 관계가 있는 것처럼 내세워 사람들의 주목을 받았고, 이제 그 후광이 없어지려는 찰나에 K.와의 스캔들을 일으켜 다시 관심을 받았으며, 자신이 그녀를 대체하려는 순간 또다시 나타나 새로운 스캔들로 관심을 끌고 있다고 말한다. 하지만 K.는 페피의 말에 동의하지 않으며, 자신이 프리다에게 이용당하거나 속지 않았고, 그녀가 자신을 떠난 이유는 자신이 어떤 이유로 그녀를 소홀히 해서라고 말한다. 또한 프리다는 여관 여주인처럼 이 주점을 관리할 줄 알고, 경험이 풍부하고 냉정하며 자제력도 있어 분명 클람의 관심을 끌 만하지만, 페피에게는 그런 면이 부족하며 모든 점에서 미숙하다고 지적한다. 그러면서 프리다가 모든 것을 이기적인 목적으로 악용한다는 페피의 말을 잘못된 해석으로 간주한다. 페피는 K.의 말이 맞을지도 모르겠다며 이제 어떻게 할 것이냐고 묻고는, 일자리도 숙소도 없는 그에게 자신이 지내는 하녀 방에서 함께 살자고 제안한다. 헨리에테, 에밀리에와 함께 세 사람이 지내는 방에 K.가 들어오면, 들킬 걱정도 없고 자신들에게도 남자 보호자겸 조력자가 생겨 좋다는 것이었다. 그러면서 봄이 오면 다른 곳에 숙소를 얻거나 자신들과 사는 게 마음에 들지 않으면 떠나도 되지만, 자신들의 숙소에 머물렀다는 사실은 꼭 비밀로 해야 한다고 말한다. 페피는 K.에게 안뜰을 통해 옆 골목으로 통하는 대문이 있고 대문 옆에 쪽문이 있는데, 자신이 약 한 시간 후에 그 문 뒤에 서 있다가 K.가 세 번 문을 두드리면 문을 열어주기로 약속한다. 그 후 K.는 여관 여주인과 대화를 나누는데, 주로 옷에 관한 대화를 나눈다. 여주인은 K.가 자신의 옷에 대해 무언가 말했다는 말로 대화를 시작하는데, 나중에 자신이 옷이 많다며 내일 새 옷이 오면 사람을 시켜 그를 부를지도 모르겠다고 말한다. 그 후 K.를 기다리고 있던 마부 게르슈테커가 나타나서 함께 자신의 집으로 가자고 다그친다. K.는 학교에 가야 한다고 말하지만, 게르슈테커는 학교 관리인 일을 그만둬도 자신이 K.를 말을 돌볼 일꾼으로 임시로 데리고 있겠다며 숙소와

보수를 제공하겠다고 제안한다. K.가 자신을 통해 비서 에어랑어에 대해 알아내려는 것 아니냐고 묻자, 게르슈테커는 그렇다며, 그렇지 않으면 K.가 무슨 소용이 있겠냐고 말하고는 그를 자신의 집으로 데려간다.

2장

가부장적 공간으로서의
성과 인정 투쟁

1.
공간적 구도

✕

1) 위계적 공간 질서

카프카의 작품에서 공간적 구도는 중요한 의미를 지닌다. 소설 속 공간은 단순히 사건이 일어나는 장소로서 배경의 의미만 지니는 것이 아니라, 소설 인물들과 나아가 작품 전체를 이해하는 데도 중요한 역할을 한다. 『성』의 공간적 구도는 수직선을 따라 형성되는데, 위에는 성이 있고 아래에는 마을이 있다. 이러한 수직적 공간 구성은 단순히 공간적 위치만을 지시하는 것이 아니라, 사회의 특징과 인물들 간의 사회적 권력 관계를 보여주기도 한다. 성과 마을을 연결하며 매개적 역할을 하는 곳은 헤렌호프 여관이다. 반면 브뤼켄호프 여관은 이방인인 K.가 처음 묵는 장소로서, 외부 공간과 성 마을을 연결하는 매개적 기능을 갖는다.

이 소설에 나오는 성은 나지막한 건물들이 쭉 늘어선 작은 도시처럼 묘사된다. "구약성서에서 산성이나 도시는 신의 거처를 나타내는 형상으로 사용된다."[3] 이 소설을 종교적으로 해석하는 연구자들은 성을 관청이라는 세속적 권력기관의 의미로 한정하지 않고, 인물들을 시험하고 자비를 베풀며 구원할 수 있는 종교적 기관으로 이해한다. 이러한 종교적 해석은 여러 가지 문제점을 내포하고 있지만, 마을에서 멀리 떨어져 있는 산성이 위계적인 구조에서 가장 높은 위치를 차지하고 있다는 점은 의심할 여지가 없다.

마을 사람들은 성의 관리를 범접할 수 없는 존재로 간주하며, 심지어 성의 제일 낮은 하급집사마저도 권력이 있다고 생각한다. 그 때문에 마을 사람들이 관리의 지시나 명령을 거부하는 것은 상상조차 할 수 없으며, 오직 명령에 대한 복종만이 있을 뿐이다. 높은 산에 있는 성과 대조적으로 아래쪽에 있는 마을에는 주로 농부와 수공업자가 산다. 성이 관청건물로서 일종의 도시처럼 묘사된다면, 마을은 이와 반대로 시골의 분위기를 풍긴다. 마을에 도착한 K.가 맨 처음 머무르는 브뤼켄호프 여관에서는, "도시 사람처럼 차려입은"[4] 성의 하급집사 슈바르처와 떼로 몰려들어 이방인 K.를 집요하게 쳐다보는 마을 농부들이 대조를 이룬다. 카프카의 작품에서 종종 볼 수 있는 도시와 시골의 대립이 이 소설에서는 성과 마을의 대립 구도로 나타나는 것이다. 엄청난 양의 서류가 처리되는 성의 관청은 근대의 복잡한 행정체계를 보여주며, 관료주의적이고 도시적인 특성을 지닌다. 그곳에서 일하는 관리들은 서류에 파묻혀 살며 늘 피로에 시달린다. 하지만 마을 주민도 힘겹고 고통스러운 일상을 살기는 마찬가지다. 그런데 이러한 일상의 고통은 단순히 힘겨운 노동 자체보다는 위계적인 사회구조에서 비롯되는 것처럼 보인다. K.가 브뤼켄호프 여관에서 본 농부들의 모습은 다음과 같이 묘사된다. "머리는 두들겨 맞아 납작해 보였고, 얼굴은 구타로 인해 고통스러운 표정을 띤 듯했다."(39) 초췌하고 병든 주민들의 모습은 마을 곳곳에서 볼 수 있는데, 이러한 모습에서 성의 권력이 마을 사람들에게 가하는 구조적 폭력이 확인된다. K.가 도착한 마을은 눈으로 뒤덮여 있지만, 성이 있는 산 위에는 눈이 별로 쌓여 있지 않다. "이곳에는 눈이 오두막집의 창문에까지 쌓였고 또다시 낮은 지붕을 짓누르고 있었지만, 산 위에는 모든 것이 자유롭고 가볍게 솟아 있었다. 적어도 여기서 보면 그렇게 보였다."(17) 마을은 거의 일 년 내내 겨울이며, 소설의 사건이 진행되는 내내 눈으로 덮여 있다. K.는 수북이 쌓인 눈길을 걸어가느라 애를 먹는다. 그런데 마을 오두막 지붕을 짓누르는 눈은 또한 마을 사람들이 겪는 힘겨운 삶을 상징하는 것으로도 해석될 수 있다. 반면 성이 있는 위쪽의 산에는 눈이 거의 쌓여 있지 않은데, 이는 성 관리들의 더 자유롭고 가벼운 삶을 상징적으로 보여준다.

'성의 나리들Schlossherren'이 지닌 무소불위의 권력은 마을 여성을 대하는 그들의 태도에서도 잘 드러난다. '성의 나리'라는 단어에 등장하는 'Herr'는 독일어로 '남성'을 뜻한다. 이는 성이라는 공간이 남성들이 지배하는 공간임을 암시한다. 성의 관리들은 자신이 원할 때마다 마을 여성들을 여관으로 불러 성관계를 맺곤 하는데, 아말리아의 예가 보여주듯이 이들의 요구를 거부하면 파멸을 피할 수 없다. 이로써 남성들이 지배하는 성이 곧 가부장적 사회질서를 구현하는 공간임을 알 수 있다.

위쪽에 있는 성과 아래쪽에 있는 마을을 연결하는 매개적 장소는 바로 여관이다. 그런데 여관마저 위계적인 공간적 질서의 영향을 받는다. 대립하는 두 공간의 중간에 놓여 있는 여관은 다시 브뤼켄호프와 헤렌호프로 나누어진다. 브뤼켄호프는 여관 여주인의 말처럼 여관 중에서도 가장 낮은 등급의 여관이다. 이곳은 주로 마을 농부들이 술을 마시는 장소이며, 기껏해야 성의 하급집사 아들 슈바르처가 나타날 뿐이다. 반면 백작의 영지를 상징하는 색깔의 깃발이 걸려 있는 헤렌호프는 성의 관리들이 업무상 마을 주민들을 만날 때 숙박하는 곳이다. 원칙적으로 마을 주민은 성의 주점까지밖에 들어갈 수 없으며 성에서 숙박하는 것은 금지되어 있다. 다만 성의 관리가 업무상 마을 주민을 소환할 때만, 이들은 관리가 묵는 객실을 예외적으로 방문할 수 있다. 따라서 프리다가 K.의 애인이 되고 나서 자신이 근무하던 헤렌호프 여관을 떠나 브뤼켄호프 여관으로 가게 된 것은 명백한 신분 하락이며, 성의 관리의 총애를 상실한 대가를 치르게 된 것으로 볼 수 있다. K.는 원칙적으로 성에 직접 들어갈 수 없기 때문에 오직 헤렌호프 여관에서만 성의 관리를 만날 수 있다. 이처럼 여관은 성과 마을을 연결하는 장소로서 K.에게 중요한 의미를 지닌다.

자신의 고향을 떠나온 K.는 프리다와 결혼하고 안정된 직업을 얻어 성이 지배하는 마을에 정착하려 한다. 하지만 이방인인 K.는 이 마을에 완전히 받아들여지지 않으며, 안정된 거처와 직업을 얻지 못한 채 부랑자처럼 끝없이 떠돌아다닌다. 프리다는 성의 영향에서 벗어나기 위해 K.에게 스페인이나 프랑스로 이민하자고 제안하지만, K.는 이곳에 정착해 행복하게 살고 싶다며 이 제안을 거절한다. K.는 자신의 불안정한 지위와 직업 그리고 거처 문제를 오직 성의 관리인 클람을 만남으로써만 해결할 수 있다고 생각하지만, 이러한 만남은 성과 마을의 매개 장소인 여관에서 이루어지지 않는다. 헤렌호프 여관에서 우연히 만난 성의 비서 뷔르겔은 그의 소망을 들어주며 해결책을 제시해줄 것처럼 보이지만, 피로에 지친 K.는 잠이 들어 그의 말을 제대로 듣지 못하며 좋은 기회를 날린다. 결국 성과 마을을 연결하며 문제 해결의 기능을 해야 하는 여관은 그 역할을 제대로 하지 못한다.

이처럼 이 소설에 나타난 성과 마을 그리고 여관은 모두 위계적으로 조직된 공간적 질서 안에 위치하며 이를 통해 사회적 의미와 기능을 부여받는다. 외부에서 온 이방인인 K.는 마을에 통합되기를 원하지만, 이러한 통합은 공간적으로나 사회적 권력 구조상 최상위에 있는 성의 허가 없이는 이루어질 수 없다. 하지만 성의 고위관리와의 접촉을 가능하게 해줄 장소인 여관은 그러한 매개적 역할을 제대로 해내지 못한다. 이로써 K.의 사회적 몰락 내지 죽음은 피할 수 없는 것처럼 보인다.

이러한 맥락에서 『성』과 『소송』의 유사성에 주목할 필요가 있다. K.는 성에 있는 어느 건물의 탑을 바라보며, "마치 정당한 심판을 받고 그 집의 가장 외딴 방에 갇히게 된 슬픔에 잠긴 한 거주자가 세상에 자신의 모습을 드러내기 위해 지붕을 뚫고 몸을 일으켜 세운 것처럼 보였다"(18)고 생각한다. 거주자가 탑 안에 갇힌 것이 정당하다는 말은 곧 그의 체포의 정당성을 의미한다. 더욱이 그것이 법적 판결과 연결될 수 있음은 뒤따르는 문장을 통해 입증된다. "K.는 마치 서 있을 때 더 잘 판단할 수 있는 것처럼 또다시 멈춰 섰다Wieder stand K. still, als hätte er im Stillstehen mehr Kraft des Urteils."(18) 그런데 '판단Urteil' 이라는 독일어 단어는 판결 내지 심판이라는 의미도 있어서 법적인 함의를 지닌다. 위의 인용문을 K.가 '심판의 힘Kraft des Urteils'을 가지고 있다는 의미로 해석하면, 여기서 심판은 K.의 내면의 법정이 내린 판결을 의미할 것이다. 즉 K.가 자신에게 유죄판결을 내린 것이다. 그리고 그러한 판결의 결과로 『성』 의 K.는 『소송』의 동명 주인공처럼 체포된다. 마치 『소송』의 K.가 자신의 침대에서 체포되듯이, 『성』의 K. 역시 소설 초반 에 성의 하급집사의 아들 슈바르처에 의해 잠에서 깨어나며 추방당할 위기에 처한다. 슈바르처가 잠에서 깬 K.에게 여관 을 떠나라고 말하자, K.는 그에게 코미디를 그만두라면서 그 의 지나친 행동을 지적하고 "내가 증인이 필요하면, 저기 있 는 여관주인과 남성들이 증인입니다"(9)라고 말한다. 이러한 말에서 여관은 재판이 열리는 작은 법정에 비유된다. 더욱이 K.는 성 관청 직원 오스발트와의 통화에서 자신을 K.의 옛 조 수라고 사칭하고 이름을 '요제프'라고 밝히는데, 이를 통해 그 는 『소송』의 주인공인 요제프 K.와 같은 이름을 갖게 된다. 또 한 가지 눈에 띄는 것은 성의 모든 건물이 돌로 만들어졌을 뿐만 아니라, 그것이 오래되어 페인트가 벗겨지고 돌이 부서지는 듯한 모습을 보인다는 것이다. 이는 『소송』 마지막에 두 명의 형리가 요제프 K.를 채석장으로 끌고 가서 형을 집행하며 살해하는 장면과 연결될 수 있다. 즉 허물어질 듯한 돌로 지어진 성은 형을 집행하는 장소인 채석장과 연결된 법원을 연상시킨다. 이처럼 성은 『소송』에 나오는 심판 기관인 법원을 연상시키며, 성이 단순히 마을 주민의 업무를 처리하는 행정기관의 의미를 넘어서 법이나 규범과 연관된 장소임을 보여준다. 비록 미완성으로 남아 그 결말을 알 수는 없지만, 소설이 완결되었다면 『성』의 주인공 K. 역시 『소송』의 요제프 K.와 마찬가지로 죽음의 운명을 맞이하지 않았을까 추측할 수 있다. 물론 이러한 죽음이 어떤 의미를 지니는지는 더 깊이 살펴보아야 하겠지만 말이다.

2) 경계의 모호성

앞에서 『성』의 공간적 구도가 위계적으로 조직된 질서를 지니고 있음을 언급했다. 하지만 이러한 성과 마을의 이분법적 구분과 이에 따른 위계질서는 표면적으로만 그러할 뿐이며, 좀 더 자세히 살펴보면 그 경계가 모호함을 알 수 있다. 또한 성 역시 어떤 시각에서 바라보느냐에 따라 매번 그 모습이 달라지는데, 이는 비단 성의 외관에만 해당하는 것은 아니다.

이러한 맥락에서 우선 소설 첫 단락을 살펴보자.

K.가 도착했을 때는 한밤중이었다. 마을은 눈 속에 깊이 파묻혀 있었다. 산 위의 성으로부터는 아무것도 보이지 않았다. 안개와 어둠이 그곳을 둘러싸고 있었고, 그곳에 큰 성이 있음을 알려주는 아주 희미한 불빛조차 없었다. K.는 외곽길에서 마을로 이어지는 나무다리 위에 서서 한참 동안 허공을 바라보듯 쳐다보았다.(7)

K.는 한밤중에 베스트베스트 백작의 영지인 성의 마을에 도착한다. 그가 서 있는 다리는 외곽길과 마을을 연결하는데, 여기서 이 '외곽길Landstraße'에 주목할 필요가 있다. 카프카의 단편소설 중에 「외곽길 위의 아이들Kinder auf der Landstraße」(1913)이라는 작품이 있는데, 여기서 서로 다른 두 지역을 연결하는 외곽길은 주인공인 '내'가 현실에서 꿈속으로 넘어가 자신의 무의식적 욕망을 발산하며 변신하는 공간이다. 따라서 『성』의 첫 장면에서 외부 세계와 성의 마을을 연결하는 이행 공간인 '외곽길'이 등장하는 것은 의미심장하다. 더욱이 그러한 연결과 이행의 의미는 K.가 서 있는 나무'다리'를 통해 더욱 강조된다. 심지어 그가 어둠 속을 뚫고 찾아낸 여관 이름도 '브뤼켄호프Brückenhof'인데, 이 단어에도 서로 다른 두 장

소를 연결하는 '다리Brücke'라는 단어가 들어 있다. 여관에는 빈방이 없었지만, 갑작스러운 K.의 방문에 놀란 여관주인은 그가 여관의 주점에 놓여 있는 짚 더미에서 자게 내버려둔다. 나무'다리' 위에 서 있던 K.가 '브뤼켄'호프라는 이름의 여관에서 잠이 든 것은 그가 현실 세계에서 꿈의 세계로 이행하고 있음을 암시한다.[5] 그 때문에 이 소설이 꿈 같은 현실에서 전개되고 있다고 생각해볼 수도 있다. 또한 이를 통해 이 소설이 궁극적으로 엄격한 이분법적 구분과 경계 수립을 시도하기보다는 오히려 그러한 경계와 유희하며 그것을 의문시하고 있음이 드러난다.

하급집사의 아들 슈바르처는 여관의 주점에서 자는 K.를 깨우면서 이렇게 말한다. "이 마을은 성의 영지이며 그래서 이곳에 거주하거나 숙박하는 사람은 어떤 의미에서는 성에 거주하거나 숙박하는 것이 됩니다. 아무도 백작님의 허락 없이는 이곳에서 숙박할 수 없습니다."(8) 이 문장에서 슈바르처가 말하려는 것은, 성의 권력이 미치지 않는 곳은 없으며, 마을 전체가 성의 지배를 받고 있다는 것이다. 따라서 이 경우 마을과 성의 경계가 없어지기보다는 오히려 그러한 이분법적 구분과 양자 간의 경계가 존재하는 가운데 한쪽이 다른 쪽을, 즉 성이 마을을 지배하는 위계적 질서가 구축된다.

하지만 "어떤 의미에서는" 마을에 거주하는 것이 곧 성에 거주하는 것이라면, K.가 굳이 성에 가지 않고도 여관을 포함하는 마을에 거주함으로써 동시에 성에 있을 가능성이 열린다. 슈바르처가 잠이 든 K.를 깨웠을 때, K.가 한 첫 번째 말은 "제가 길을 잃고 잘못 찾아든 이 마을은 대체 어디죠? 이곳이 성인가요?"(8)다. 이에 슈바르처는 그렇다고 말하고 이곳이 베스트베스트 백작의 성이라고 대답한다. 여기서 K.가 말한 첫 문장에 나오는 '마을'이라는 단어는 이어지는 문장에서 '성'이라는 단어로 대체되며, 다시 한번 마을이 성이 될 수 있음을 보여준다.

만일 성이 단순히 지리적으로 특정한 장소에 있는 건물을 지시하는 것을 넘어서는 의미를 지닌다면, 그러한 성이 구현하는 것은 장소와 관계없이 특정한 조건이 충족되면 어느 곳에서나 실현될 수 있을 것이다. 이러한 의미에서 위의 인용문을 살펴보면, 성에 도달하는 것은 K.가 목적의식을 가지고 의도적으로 그곳으로 향함으로써가 아니라, 오히려 잘못해서 길을 잃는 순간에 이루어질 수 있다. 바꿔 말하면, 측량사 K.는 성으로 가는 길을 정확히 측정하고 계산함으로써 그곳에 도달할 수 있는 것이 아니라, 오히려 그 길을 잘못 측정함으로써, 즉 이성적이고 계산적인 사고에서 벗어나 의도치 않게 무의식의 세계에 접어드는 순간 성에 도달할 수 있는 것이다.

이처럼 K.가 길을 잃고 잘못 접어드는 순간에 도달하게 되는 성은 분명 이분법적인 구분을 통해 생겨난 위계질서의 가장 높은 곳에 있는 성과는 다른 것을 가리킨다. 실제로 이 작품에서 묘사되거나 사람들에 의해 언급되는 성은 모순적이고 복잡한 면모를 지니며, 결코 하나의 뚜렷한 실체를 지니지 않는다.[6] 이는 K.가 소설 처음에 마을에 도착해서 바라본 성이 어둠 속에서 안개로 인해 보이지 않는 것에서 암시된다. 즉 성은 시각적으로 인지할 수 없는 것이다.

K.가 길에서 만난 선생에게 자신은 마을 농부들의 집단에 속하지도 않고 그렇다고 성의 일원도 아니라고 하자, 선생은 "농부들과 성 사이에는 차이가 없습니다"(20)라고 말한다. 따라서 마을과 성은 명확히 구분되지 않는다. 이처럼 이 소설에서는 성과 마을의 경계가 모호할 뿐만 아니라, 성 자체가 모호한 모습을 띠는 것으로 나타난다. K.는 낮에는 또렷한 모습의 성을 보지만, 한밤중에는 그 형체를 알아보지도 못한다.

성의 관청 사무실에 대한 바르나바스의 정확한 묘사에도 불구하고, 그것이 과연 진짜 성의 사무실인지에 대해서 누나인 올가는 회의를 표하기도 한다. 바르나바스는 자신이 서신을 받아오는 장소를 클람의 사무실로 믿고 있지만, 사실은 그것이 사무실이 아닌 대기실에 지나지 않을 수도 있고, 어쩌면 그러한 대기실조차 아닌지도 모른다. 또한 성으로 가는 길역시 복잡하고 조망 불가능하기는 마찬가지다. 바르나바스의 아버지는 집안이 몰락한 후 탄원하고 용서를 빌기 위해 무작정 길에서 마차를 타고 오는 성의 관리를 기다린다. 그런데 성으로 가는 길은 여러 갈래가 있고, 마차의 발차체계도 대단히 불규칙하고 파악하기 어려워, 사실상 성에서 내려오는 마차를 만나기는 불가능하다. 이처럼 성의 관리들은 마차를 타고 성에서 마을로 내려올 수 있지만, 반대로 K.가 성을 찾아 올라가는 것이나 바르나바스의 아버지가 성에서 내려오는 관리의 마차를 만나는 것은 사실상 불가능하다.

성과 마을의 위계질서는 수직적 구조로 나타난다. 성은 이분법적 구분을 유지하면서 마을을 자신 속에 포섭하고 자신의 일부로 삼으며 전횡을 저지른다. 그런데 이러한 확고한 위계질서를 지닌 성과 마을 공동체에 K.가 측량사로 등장한다. 이는 성과 마을 공동체에 큰 위협으로 느껴지는데, 왜냐하면 측량이란 땅의 경계를 확정하는 작업이고, K.의 새로운 측량은 기존의 질서와 경계를 뒤흔들 위험을 내포하기 때문이다.[7] 그 때문에 마을 면장도 K.에게 측량사 대신 학교 관리인의 일자리를 제공하는 것이다. 하지만 다른 한편 합리적이고 계산적인 성격을 지닌 K.의 측량 행위는 경계를 긋는 사고 방식에서 벗어나지 못하며 결코 전복적이지 않다. 그 때문에 그는 경계를 정하는 측량 행위로부터 일시적으로 벗어나는 몽환적 상태에서야 비로소 경계를 넘나드는 유목민이 된다.

앞 절에서 성의 탑이 일종의 감옥처럼 나타나며, 성이 스스로를 심판하는 K.의 내적인 법원을 상징함을 언급했다. 그런데 이러한 법원이 엄격한 이분법적 구분에 기반을 둔 억압적인 가부장적 질서만을 지시하지 않는다는 것은 이미 성에 대한 묘사에서 잘 나타난다. 앞에서 언급한 성의 탑은 "무언가 제정신이 아닌 면이 있었고" "그 벽은 어린아이가 겁에 질려서 또는 그냥 아무렇게나 그린 것처럼 불확실하고, 불규칙적이며, 마치 부서질 듯 푸른 하늘을 향해 톱니 모양으로 들쭉날쭉 튀어나와 있었다."(18) 제정신이 아닌 듯 보이고, 불확실하고 불규칙적이며 들쭉날쭉한 톱니 모양의 성벽은, 성이 합리적이고 이성적인 정신이 지배하는 공간이라기보다는 오히려 명확히 규정할 수 없고 파악하기 힘든 카오스적인 공간임을 보여준다. 이 책에서는 이러한 성을 가모장적 (무)질서를 구현한 것으로 이해하는데, 이것이 무엇을 의미하는지는 3장에서 자세히 다루도록 할 것이다.

2.
인정 보류와 인정 박탈

✕

1) K.

인간은 자신의 정체성을 사회적인 인정을 통해서만 정립할 수 있다. 그 때문에 상호주관적인 인정에 대한 욕망은 인간에게 필수적이며,[8] 이러한 인정이 거부되거나 박탈되면 인간은 인간으로서의 지위를 상실하고 동물의 지위로 추락한다. 카프카의 소설 『성』 역시 이러한 인정 담론의 관점에서 해석될 수 있다.

이 소설에서는 사회적 인정이 보류되거나 박탈되는 두 가지 유형이 나타난다. 첫 번째는 이방인 K.에 대한 성과 마을의 인정 보류이고, 두 번째는 아말리아 사건 이후로 바르나바스 가족이 겪는 사회적 인정 박탈이다.

먼저 이방인 K.가 겪는 사회적 인정 거부를 살펴보자. 악셀 호네트는 『인정 투쟁Kampf um Anerkennung』(1992)이라는 책에서 헤겔의 상호 인정 이론을 발전시켜 세 가지 인정 유형을 제시한다. 그것은 사랑하는 관계에서의 상호 인정, 법적인 권리의 인정 그리고 사회적 가치의 인정이다.[9]

첫 번째 인정 유형은 개인적인 관계로서의 사랑에서 파트너 간의 상호 인정이다. 사랑하는 사람은 자신이 사랑하는 타인과의 집착적인 공생관계에서 벗어나야 하지만, 그와 떨어져 있어도 그 사람이 자신을 계속해서 사랑할 것을 신뢰하며, 이러한 정서적 안정 속에서 타인을 독립적 개인으로 인정하게 된다. 따라서 사랑하는 관계에서 "인정이란 타인의 해방임과 동시에 정서적 구속이라는 이중적 과정이다."[10]

K.는 올가를 따라간 헤렌호프 여관에서 주점의 여급으로 일하는 프리다를 알게 된다. 클람의 정부인 그녀는 클람과의 연인 관계 및 헤렌호프의 일자리를 포기하고 K.를 따라나서며 결혼을 약속하지만, 이들의 관계는 끊임없이 흔들리며 결국 결별로 귀결된다. 앞에서 사랑하는 관계에서 인정의 중요한 한 측면은 타인의 독립성을 인정하는 것이라고 했는데, 프리다는 모든 것을 버리고 K.를 선택했고 K.만이 중요하다고 하면서도, 자유롭고 독립적인 개인으로서의 K.의 존재를 인정하지 않는다. 특히 K.가 마을 공동체에서 쫓겨나 소외

된 바르나바스 가족과 관계를 맺고 이들을 통해 성에 접근하려고 시도할 때, 프리다는 이를 끊임없이 비난한다. 결국 K.가 학교에서 자신의 조수들을 몰아내고 바르나바스의 집으로 가서 이야기를 나눈 것이 발각되자, 프리다는 K.를 버리고 다시 헤렌호프 여관으로 돌아가 주점 여급 일을 시작하고 조수 중 한 명인 예레미아스와 연인 관계를 맺는다. 프리다가 K.의 사회적 활동과 독립성을 인정하지 않고 그를 자신에게 묶어 두려 할 때, 이러한 지나친 간섭은 K.와의 원활한 정서적 유대 관계를 가로막는 요인이 된다. 물론 이들의 관계를 파탄으로 이끈 책임이 프리다에게만 있는 것은 아니다. 왜냐하면 K.는 오직 클람을 만나야 한다는 생각에 골몰하여 빈번히 프리다를 홀로 내버려두기 때문이다. 이로 인해 K.는 프리다에게 사랑에 대한 믿음을 심어주지 못하며 그녀를 클람을 만나기 위한 수단으로 이용하고 있다는 의심을 불러일으킨다.

K.와 프리다가 다른 사람들과 맺는 관계 역시 이들이 주장하는 사랑의 진정성을 의심하게 만든다. 프리다는 K.만을 사랑하며 그를 위해 모든 것을 포기할 수 있다고 말한다. 하지만 K.가 그녀에게 자신과 사귐으로써 잃게 된 직장과 클람과의 우정을 보상해줄 수 없다고 하자, 그녀는 "왜 나인거죠? 왜 하필 내가 선택된 거죠?"(77) 라고 말하며 그녀의 사랑을 의심하게 만든다. 또한 그녀는 K.가 자신의 전부라고 말하

지만, 정작 위급한 상황에서는 K. 대신 조수들 편을 들며 K.를 버리는 모습을 보이기도 한다. 반대로 K. 역시 자신이 사랑하는 프리다와 결혼하여 마을에 정착해 사는 것이 자신의 소망이라고 말하면서도, 바르나바스의 집에 가서 잠깐 그만 만나고 온다는 말과 달리 바르나바스의 누나인 올가와 오랜 시간 대화를 나누며 집으로 돌아가지 않는 모습을 보인다. 이러한 언행 불일치는 사랑에 대한 K.의 확언을 의심하게 만든다.

K.와 프리다의 연인 관계는 개인적인 관계이며, 따라서 여기서 인정의 문제는 개인적 차원의 문제인 것처럼 보인다. 하지만 프리다가 K.를 떠난 결정적 이유는 그가 사회적으로 배척받는 바르나바스 가족과 만나려고 했기 때문이다. 즉 그녀가 K.에게 연인으로서의 인정을 박탈한 이유는 그가 사회적 인정을 박탈당한 바르나바스 가족과 교류했기 때문이다. 성과 마을 공동체로부터 끊임없이 사회적 인정을 보류당하거나 거부당하는 K.가 바르나바스의 도움을 받아 성으로부터 자신에 대한 사회적 인정을 끌어내려고 시도하는 것은 어찌 보면 당연하다. 그러나 이방인인 K.와 달리 이미 사회적 인정을 받고 마을 공동체에 편입된 프리다는 그의 이러한 상황을 제대로 이해하려 하지 않는다. 따라서 사랑하는 연인 관계에서의 인정 문제는 결코 인간의 법적 권리의 인정 문제와 무관하지 않다. K.가 성의 사무국장 클람을 만나려는 이유 중 하나

는 클람이 프리다와의 결혼에 어떤 반응을 보일지 알고 싶어서이기도 한데, 여기서도 그의 연애와 결혼이 결코 개인적인 차원의 문제가 아니라 사회적 인정과 긴밀히 연결되어 있음을 알 수 있다.

두 번째 인정 유형은 권리의 인정이다. "모든 인간 주체가 어떤 권리이든 그것의 담지자로 인정될 수 있는 것은 그가 공동체의 구성원으로 사회적 인정을 받을 때"[11]다. 즉 인간은 한 공동체의 구성원으로 인정받음으로써 자신의 권리를 인정받는다. 이러한 권리는 사회의 발전 정도에 따라 더 다양해지고 확대될 수 있는데, 가령 자신의 생명을 보호받을 권리, 직업활동을 할 수 있는 권리, 사회적 복지 혜택을 누릴 권리가 이에 해당한다. 이러한 권리는 개인의 생물학적, 사회적 특성과 무관하게 누려야 할 보편적 권리다. 따라서 이러한 권리를 박탈당한다는 것은 그가 사회적으로 마땅히 누려야 할 존중을 받지 못함을 의미할 뿐만 아니라, 나아가 인간의 지위를 빼앗기고 비인간적 존재, 즉 동물이나 사물의 지위로 강등됨을 의미한다.

K.가 자신의 고향을 떠나 성에 속한 어느 마을로 들어와 겪는 일련의 체험들은 권리 인정의 문제와 관련이 있다. K.가 처음 브뤼켄호프 여관에서 자고 있을 때 그를 깨운 슈바르처는 성의 허락 없이는 이곳에서 숙박하거나 거주할 수 없다며

그를 쫓아내려 한다. 이 마을에서 이방인은 오직 성의 허락하에서만 그곳에서 머무르며 직업활동을 할 수 있는 권리를 인정받을 수 있다는 것이다. 이러한 추방 시도에 맞서 K.는 자신이 측량사로 채용되었다며 이를 확인할 것을 주장한다. 이에 슈바르처가 성에 전화를 걸어 이 사실을 확인한 후, K.는 여관에서 숙박할 수 있게 된다.

하지만 이러한 추방은 이 소설에서 결코 일회적인 사건이 아니며 계속해서 반복적으로 일어난다. K.는 다음 날 마을을 구경하다가, 너무 추워 어느 노인의 허락을 받아 잠시 어느 집에서 몸을 녹이려 한다. 이때 또 다른 인물이 위압적인 목소리로 부랑자들을 모두 집으로 들일 셈이냐며 강하게 반대한다. 무두장이 라제만의 집에서 K.는 환대받지 못하는데, 왜냐하면 "환대는 이곳의 풍습이 아니며, 우리에게는 손님이 필요 없기"(24) 때문이다. 이들은 자신들이 K.를 내쫓으려는 이유가 결코 그를 나쁘게 생각해서가 아니라, 힘없는 자신들 같은 사람은 성의 규칙을 따를 수밖에 없기 때문이라고 말한다. 슈바르처와 마찬가지로 이들은 K.를 추방해야 하는 이유로 성의 규칙, 즉 법을 들고 있는 것이다. K.가 이 집을 나와 추운 날씨에 걸어서 여관으로 돌아갈 것을 걱정하자, 마부인 게르슈테커가 나타나 그를 여관까지 데려다주겠다고 제안한다. 하지만 이 역시 K.의 눈에는 호의에서라기보다는 그를 얼른 그곳에서 내쫓으려는 의도인 것처럼 보인다.

이처럼 확실한 주거지와 직장이 보장되어 있지 않은 K.는 마을 공동체의 일원으로 인정받지 못하며 뜨내기나 부랑자 취급을 받는다. 비록 K.는 성의 심부름꾼인 바르나바스를 통해 마을에서 근무하도록 채용되었다는 클람의 서신을 받지만, 편지에서 K.의 직속 상관으로 언급된 마을 면장은 K.가 측량사로 채용된 것은 결코 아니라며 그의 채용 사실을 부인한다. 면장은 K.를 측량사로 초빙하려는 계획이 없었던 것은 아니지만, 이는 무산되었고 이러한 사실이 제대로 전달되지 않아 혼란이 생겨났다고 말한다. 그러면서 K.는 클람을 직접 만날 수 없고, 노동자로 받아들여졌지만 측량사로 채용된 것은 아니라며 그의 직업적 권리를 제한한다. 면장은 물론 자신은 K.를 마을에서 내쫓을 생각은 없지만 필요하지도 않은 측량사 자리를 제공할 수는 없다며, 대신 학교 관리인 자리를 제안한다. 그 사이 브뤼켄호프 여관에서 쫓겨날 위험에 처한 K.는 할 수 없이 프리다와 함께 학교로 거처를 옮겨 그곳에서 지내기로 한다. 하지만 K.는 학교에서도 자신에게 적대적인 선생과 충돌하며, 창고 문을 부수고 장작을 꺼내 직무를 위반했다는 이유로 그에게 해고를 통보받는다. 선생은 이 소설에 등장하는 인물 중 K.에게 가장 적대적인 인물인데, 면장과 달리 그를 마을에서 추방하려 한다. 그런데 이 선생이 푸줏간에 살고 있다는 사실은 의미심장하다. 『변신』 마지막 부분에서 벌레로 변신한 그레고르가 죽고 나서 푸줏간 아이가 그레고르의 집 계단을 올라오는 장면이 있는데, 이는 마치 그가 가치 없는 생명으로 전락한 그레고르의 시체를 치우러 온 것처럼 보인다. 마찬가지로 『성』에서도 푸줏간에 사는 선생은 K.에게서 인간적 지위를 박탈하고 그를 도축할 대상으로 삼으며 그의 생존권을 위협하는 존재로 등장한다. 인간은 사회적 인정을 받지 못하고 자신을 보호하거나 사회적 활동을 할 수 있는 권리를 박탈당하면 사회적 죽음을 통보받은 것이나 다름없다. 하지만 K.를 학교에서 쫓아내려는 선생의 시도는 성공하지 못하는데, 그 이유는 K.가 자신의 직속 상관인 면장만이 자신을 해고할 권리를 가진다고 주장하며 선생에게 맞서기 때문이다.

하지만 K.가 계속 학교에 남아서 관리인 일을 할 수 있을지는 의문이다. K.가 바르나바스 집에 너무 오래 지체한 것과 조수들을 학대한 것을 이유로 프리다와 조수들이 그의 곁을 떠났기 때문이다. 이런 상황에서 성의 비서인 에어랑어를 만나러 간 K.에게 두 사람이 숙소를 제공하겠다고 나선다. 그중 한 사람은 헤렌호프 여관에서 객실 하녀로 일하는 페피이고, 다른 한 사람은 마부 게르슈테커다. 페피는 자신이 다른 하녀 두 명과 같이 지내고 있는 방에서 함께 살자고 K.에게 제안한다. K.가 일자리와 숙소가 없는 상태이고 자신들도 힘겨운 일을 도와줄 수 있는 조력자나 보호자가 있으면 좋겠다며, 만일 다른 곳에 숙소를 얻거나 더 이상 있고 싶지 않을 때는 언제든지 떠나면 된다고 말한다. 게르슈테커는 K.에게 학교 관리인 일을 그만두고 자기 집에서 지내며 임시로 마부 일을 할 것을 제안한다. K.가 게르슈테커에게 자신을 고용하려는 이유가 성의 비서 에어랑어로부터 무언가를 알아내어 도움을 줄 수 있을 거라 생각했기 때문이 아니냐고 묻자, 그는 다른 이유가 뭐 있겠냐며 이를 부인하지 않는다. 비록 두 사람이 모두 K.에게 숙소를 제공하고 게르슈테커의 경우에는 일자리까지 제공하겠다고 말하지만, 이는 임시적 성격을 띨 뿐이며 결코 K.가 마을 공동체의 일원으로 받아들여지는 것을 의미하지는 않는다. 페피의 방에 머물 경우 K.는 다른 사람에게 발각되지 않도록 숨어 지내야 하고, 게르슈테커의 경우에도 그저 그의 이익을 위해 K.를 받아들이는 것에 지나지 않기 때문이다.

K.는 자신이 성의 인정을 받아 마을 공동체에 편입되면 모든 문제가 해결될 것이라고 생각한다. 마을 면장과의 대화에서도 K.는 이러한 생각을 피력한다. "그가 친구는 아니더라도 마을 주민으로 인정받으면 아직 그를 불신하던 마을 사람들이 그에게 말을 걸기 시작할 것이다. 그리고 반드시 빨리

그렇게 되어야 하고 모든 것이 거기에 달려 있는데, 그가 언젠가 예를 들면 게르슈테커나 라제만과 더 이상 구분되지 않게 된다면, 영원히 닫혀 있을 뿐만 아니라 보이지 않은 채 있었을 모든 길이 틀림없이 단숨에 그에게 열리게 될 것이었다. 물론 그것은 오직 저 위의 성의 나리들과 그들의 자비에 달린 문제이지만 말이다."(42)

K.는 자신이 마을에서 가는 곳마다 쫓겨날 때 프리다가 자신을 지지해주었고 그녀와 결혼함으로써 마을의 일원이 될 수 있다고 믿었지만, 자신이 유일하게 믿고 의지할 수 있다고 생각했던 프리다와의 관계가 그리 견고한 것이 아니었음을 깨닫게 된다. 이제 프리다와 헤어지고 안정된 직장과 주거지도 없는 상황에서 이방인 K.는 영원히 떠돌아다니는 부랑자가 될 운명에 처한다.

K.에게 반복적으로 일어나는 상황을 가리키는 말로 인정 거부보다는 인정 보류가 더 적합할 것이다. 흥미로운 것은 K.가 끊임없이 마을에서 쫓겨나지만, 정작 마을 사람들이 K.를 쫓아낼 때 구실로 내세우는 성은 K.에게 직접적인 추방의 명령이나 지시를 내린 적이 없다는 사실이다. 오히려 K.가 처음 브뤼켄호프 여관에 도착했을 때 성 관청 직원은 K.가 측량사로 채용되었음을 확인해주었고, 바르나바스가 가져온 클람의 편지에서도 비록 K.가 측량사로 채용되었음을 명시하

지는 않지만 적어도 그의 채용은 분명은 언급된다. 다시 말해 관청이나 클람은 적어도 K.의 직업적 권리에 대해 호의적인 반응을 보였으며 그를 추방할 의도를 내비치지는 않는다. 그런데 마치 브뤼켄호프 여관의 여주인이 클람의 비서가 하는 일이 모두 클람의 이름으로 행해지는 것으로 해석하며 K.에게 협조를 강요하는 것처럼, 마을 사람들은 전부 성과 클람의 이름으로 K.를 쫓아내려 한다. 하지만 그들은 결코 성과 클람을 대변할 수 없으며, 그들의 주장은 단지 그들의 해석에 지나지 않는다. 비록 면장은 K.가 클람의 편지를 잘못 해석했으며 개인적인 편지에 공적인 문서의 의미를 부여했다고 지적하지만, 브뤼켄호프 여관 여주인의 시각에서는 면장 역시 대단한 인물이 아니며 그 때문에 그의 편지 해석 역시 타당성을 제한받을 수밖에 없다. 아말리아가 성의 관리인 소르티니의 저급한 제안을 거부하고 그로 인해 그녀의 집안이 몰락할 때도 성은 아무런 지시도 내리지 않았다. 다만 마을 주민들이 성의 의중을 짐작해 그녀의 가족과 관계를 끊었을 뿐이다. 반면 K.의 경우에는 성과 성의 관리인 클람이 직간접적으로 의사 표현을 하고 더 호의적인 말을 했음에도 불구하고, 마을 공동체는 이방인 K.에게 배타적인 태도를 보인다. 성의 관청이 K.의 권리를 궁극적으로 부인하지 않기 때문에, 설령 마을 주민들이 그를 공동체에서 몰아내려 해도 이러한 시도가 완전히 성공을 거두지는 못한다. 그는 오직 성의 명령이나 지시에 의해서만 추방될 수 있기 때문이다.[12] 하지만 K.는 성으로부터 자신의 직업과 거주에 대한 공식적인 인정을 받지는 못한다. 표면적 인정은 마을 사람들의 부정적 해석으로 보류되며, 이로 인해 K.는 새로운 인정을 받기 위한 투쟁해야 하는 것이다. 결국 K.에게 사회적 인정은 완전히 거부되지는 않지만, 그렇다고 주어지지도 않으며 끊임없이 보류된다. 이러한 인정 보류는 끊임없이 떠돌아다니며 임시적인 직업과 주거지에 만족해야 하는 K.의 상태를 통해 잘 드러난다.

마지막으로 인정 문제와 관련해 K.를 단순히 희생자로만 보는 것은 잘못된 해석이라는 점을 강조해야 할 것이다. 사실 이 소설 속 인물이나 사건은 대부분 주인공 K.의 시점을 통해 묘사된다. 그러므로 K.가 마을 사람들에게서 발견하는 폭력의 흔적이나 그 자신이 겪고 있다고 느끼는 부당한 처우가 백 퍼센트 사실이라는 증거는 어디에도 없다. 클람의 편지를 둘러싼 K.와 마을 면장의 상이한 해석에서 드러나듯이, K.의 주장은 절대적 타당성을 지니지 않으며 그 때문에 독자는 그의 관점을 상대화시켜 바라볼 필요가 있다.[13] 카프카는 원래 이 소설을 1인칭 서술 형식으로 시작하다가 3인칭 서술 형식으로 바꾸는 서술구조를 계획했다.[14] 하지만 결국에는 이러한 시도를 포기하고 3인칭 서술 형식으로 소설을 썼는데, 이는 독자가 K.의 시점에 비판적 거리를 두도록 하기 위해서다. 소설에서 서술과 시점은 다르다. 서술자는 사건을 인물의 시점에서 바라보게 하고 자신은 뒤로 물러날 수 있지만, 그렇다고 이 경우에 서술자의 시점이 완전히 사라지는 것은 아니다. 그 때문에 서술자는 때로 인물의 시점에 거리를 두고 그것을 비판적으로 바라보게 한다.

카프카의 모든 작품이 그렇듯이 이 소설의 주인공 또한 결코 선악의 구도 속에서 악의 희생자로만 묘사되지 않는다. K. 자신은 사회적 인정을 받지 못하고 그로 인해 불안정한 삶을 살아야 하는 희생자인 동시에, 그 스스로 타인의 권리를 제한하거나 훼손하는 가해자의 태도를 보이기도 하기 때문이다.

앞에서 K.가 선생으로부터 해고 통보를 받았지만, 이를 거부하고 계속 학교에 남겠다고 말하는 장면을 살펴보았다. 그런데 흥미로운 것은 여기서 K.가 단순히 해고 대상이기만 한 것이 아니라, 오히려 해고를 통보하는 사람이기도 하다는 사실이다. 그는 특히 선생 앞에서 자신의 조수들을 해고하고 교실에서 내쫓음으로써 자신에게도 힘이 있음을 과시한다. 즉 그는 사회적 배려와 인정이 필요한 사람일 뿐만 아니라, 스스로 타인에게 사회적 인정을 부여할 힘을 지니고 있기도 한 것이다. 하지만 K.는 처음부터 조수인 예레미아스와 아르투어를 서로 구분하지 않고 모두 아르투어라고 부르겠다며 두 사람의 개성을 존중하지 않는다. 나치 수용소에서 수감자의 이름 대신 번호를 부르듯이, 이름의 박탈은 그 사람의 개성과 정체성의 박탈을 의미한다. 이러한 의미에서 K.가 두 사람의 이름을 제대로 구별하지 않고 부르는 것은 이들을 독자적인 인격체로 존중하지 않고 있음을 보여준다. 나중에 예레미아스는 K.가 자신들을 추운 날씨에 학교 밖으로 쫓아내어 얼어 죽을 뻔하게 했으며, 심지어 잠자리에서 아르투어를 때리기까지 했다며 K.를 비난한다. K.는 그들이 자신에게 내맡겨진 조수가 아니라 그냥 아는 사이였으면 그런 일이 없었을 것이라며 앞으로 잘 지내자고 말하지만, 예레미아스는 그가 잔혹한 주인이었다며 다시는 그와 관계를 맺고 싶지 않다고 말한다. K.가 조수들을 추방하고 구타한 것은 신체 보존의 권리를 훼손한 것이며, 이는 그가 조수들이 받아야 할 사회적 인정과 존중을 제대로 주지 못했음을 의미한다. 물론 조수들이 프리다에게 치근덕거리거나 일에 걸림돌이 되는 등 부적절한 행동을 한 면이 없지는 않지만, K.의 행동은 그가 다른 사람들로부터 기대하는 사회적 배려 및 인정에 대한 요구와 모순되기 때문에 비판받아야 한다. 이 소설의 인물이 모두 그렇듯이 K. 역시 결코 단순히 사회의 희생자라고 볼 수는 없으며, 오히려 가해자와 희생자의 얼굴을 모두 지닌 복합적인 인물로 나타난다.

2) 바르나바스 가족

이 소설에서는 주인공 K.의 이야기 외에도 바르나바스 가족의 몰락 과정이 서술된다. 마을의 소방 축제에 참석한 성 관리 소르티니는 바르나바스의 누나인 아말리아를 보고 반하지만, 그녀에게 점잖게 구애하는 대신 심부름꾼을 통해 상스러운 내용의 협박성 편지를 보낸다. 거기에는 이 편지를 읽는 즉시 그녀는 그가 묵고 있는 여관으로 와야 하며, 그렇지 않으면 좋지 않은 일이 벌어질 것이라는 내용이 담겨 있었다. 아말리아는 이 편지를 읽고 분노하며, 그 자리에서 즉시 편지를 찢어 심부름꾼의 얼굴에 던진다.

성의 관리가 마을 여성을 자신에게 불렀을 때 이를 거부한다는 것은 상상도 할 수 없는 일이다. 브뤼켄호프 여관 여주인은 자신이 젊었을 때 세 번이나 클람의 부름을 받았던 것을 지금까지도 자랑스럽게 생각한다. 더욱이 그녀가 결혼한 지금도 클람이 원한다면 언제든지 만날 생각이 있으며, 이 문제에 대해 남편이 왈가왈부할 수 없다고 말한다. 그녀는 K.가 결혼한 후에도 똑같은 상황이 발생할 수 있으며, 이 경우 K.가 그러한 만남에 반대할 수 없다고 강조한다.

성의 관리는 자신이 원하면 마을 여성을 언제든지 취할 수 있으며, 마을 여성도 이를 당연하게 받아들인다. 설령 그 여성이 결혼한 상태라고 해도 그들의 요구는 부당하게 여겨지지 않는다. 여기서 성이 지배하는 사회가 전횡을 일삼는 가부장 사회임을 알 수 있다. 이러한 사회에서 여성은 성적인 관계를 자유롭게 결정한 권리를 지니지 못하며 남성과 동등한 인간으로 인정받지 못한다.

올가는 만일 자신이 동생인 아말리아와 같은 상황이었다면 후환이 두려워 결코 소르티니의 부름을 거부하지 못했을 것이라고 말한다. 그녀는 여태까지 아말리아처럼 당당하게 관리의 부름에 저항하는 사람을 보지 못했지만, 이러한 저항은 그 대가를 치러야 했고 그래서 그녀의 가족 모두가 다른 마을 사람들로부터 배척받기 시작했다는 것이다.

아말리아가 소르티니의 편지를 찢어 심부름꾼의 얼굴에 내던진 후, 그 사건이 프리다를 통해 마을 전체에 알려진다. 프리다는 성의 심부름꾼이 찢긴 종이를 손에 들고 헤렌호프 여관으로 돌아온 것을 보고 이 이야기를 마을에 퍼뜨린 것이다. 프리다가 이런 행동을 한 이유는 아말리아의 가족을 미워해서가 아니라, 이 사건으로 인해 곧 몰락할 그 가족으로부터 마을 사람들을 지켜야 한다는 의무감을 느꼈기 때문이다. 성의 지시를 거부하고 이에 맞선 사람은 마을 공동체의 일원으로 남을 수 없으며 공동체로부터 철저히 배제된다. 이들은 더는 인간의 지위를 갖지 못하며, 접촉하면 병에 전염될 수 있는 동물이나 벌레 같은 혐오스러운 존재로 전락한다. 마을 사람들은 이제 그들을 만나지 않을 뿐만 아니라 그들에 대해 이야기하는 것조차 꺼린다.[15]

올가는 아말리아의 사건이 일어나기 전만 해도 자신은 명예로운 가족의 일원이었고, 그래서 브뤼켄호프 여관에서 여급으로 일하는 프리다 같은 여성은 거들떠보지도 않았으며 그 곁을 거만하게 지나갔다고 말한다. 그런데 지금은 프리다보다도 훨씬 낮은 직급의 페피조차 그녀를 무시한다는 것이다. 프리다를 통해 아말리아가 소르티니의 심부름꾼이 전달한 편지를 그 자리에서 갈기갈기 찢어 그를 모욕했다는 소식이 전해지자마자, 마을 사람들은 이 집안과 모든 왕래를 끊는다. 이제 그녀의 아버지에게 구두수선을 맡기는 사람은 아무도 없었고, 그가 명예롭게 여기던 소방대 훈련책임자 직위도 빼앗기게 된다. 이렇게 이 집안의 몰락은 시작된다.

그 이후 바르나바스는 이전에 아버지의 조수로 있던 브룬스비크의 밑에서 일할 수 있었지만, 남의 눈에 띄지 않는 밤에 일감을 받아와 다시 밤이 되어서야 일한 것을 돌려주는 조건이었고, 보수도 형편없어 겨우 가족이 목구멍에 풀칠할 정도였다. 또한 그의 누나인 올가는 성과의 연줄을 마련하기 위해 헤렌호프 여관의 주점에서 클람의 하인들과 접촉한다. 하지만 그들은 그녀를 희롱하고, 그녀는 그들에게 돈을 받기도 하며 창녀의 신분으로 전락한다.

K.가 이방인으로서 마을 공동체로부터 인정받지 못하고 끊임없이 인정 보류를 겪는다면, 이에 반해 바르나바스 가족은 이전에는 마을 공동체의 일원으로 존경받고 경제적으로도 여유롭게 살고 있었지만, 아말리아가 소르티니의 부름을 거절한 후에는 사회적 인정을 박탈당하고 접촉해서는 안 될 혐오스러운 벌레 같은 존재로 전락한다.

흥미로운 것은 그 사건 이후 성은 아무런 직접적인 행동을 취한 바가 없다는 점이다. 소르티니가 그 일로 크게 분노했을 것이라고 짐작할 수는 있지만, 그가 전면에 나서서 보복을 지시하지는 않는다. 오히려 은둔형 인간인 소르티니는 그 사건 이후 완전히 사라져 더는 모습을 드러내지 않는다. 올가는 마을 사람들이 성에 대한 두려움 때문에 처음에는 자신의 가족과 관계를 끊었지만, 만일 자신들이 좀 더 적극적으로 마을 사람들과 접촉을 시도하고 성과도 아무런 문제가 없는 것처럼 행동했더라면 그들도 자신들을 이전처럼 대했을지도 모른다고 말한다. 하지만 자신의 가족은 당시에 모두 완전히 마비된 듯 움츠러들었고, 어떤 행동도 하지 못해 완전히 마을 공동체에서 배제되고 더는 구원받을 수 없는 처지가 되어버렸다는 것이다.

성은 바르나바스 가족에게 직접적인 보복을 가하며 그

들을 사회적으로 매장하지 않는다. 오히려 성이 아무런 직접적 행동을 취하지 않기 때문에, 마을 주민들 스스로 성의 입장과 성 관리의 심리 상태를 추론하고 해석해야 한다. 그래서 그들은 '성의 이름'으로 바르나바스 가족을 대신 처벌하고 그들에게 주어졌던 사회적 인정과 생존권을 박탈한다. "마을 주민들은 더 이상 우리를 인간처럼 대하지 않았고, 우리의 이름을 부를 때도 더는 성으로 불러주지 않았다."(333) 앞에서 말했듯이 가족의 성을 불러준다는 것은 그 가족 구성원들에 대한 인정과 존중을 내포한다. 그런데 바르나바스 가족은 더 이상 그들의 성으로 불리지 않는다. 이는 마치 이방인 K.가 온전히 자신의 성으로 불리지 않고 축약된 머리글자로만 불리는 것과 유사하다. K.가 머리글자로 등장하며 자기 성의 일부를 드러내는 것은, 그가 성과 마을로부터 완전히 인정받은 것은 아니지만 완전히 거부된 것도 아님을 보여준다. 즉 그에게는 사회적 인정이 보류된 것이다. 반면 바르나바스 가족은 마을 주민들이 그들을 성으로 불러주지 않음으로써 원래 갖고 있던 성을 완전히 잃어버린다. 이는 그들에 대한 사회적 인정이 완전히 박탈되었음을 의미한다. 이처럼 카프카는 이 소설에서 K.의 이야기와 아말리아의 이야기를 인정 담론의 틀 속에서 서술하는데, 그것은 각각 인정 보류와 인정 박탈이라는 형태를 띤다.

3.

인정 투쟁

✕

1) K.

주인공 K.를 한마디로 표현하면 어떤 인물일까? 아마 그는 전사나 투사에 가까울 것이다. K.는 마을에 도착한 이후 줄곧 사람들과 부딪히고 언쟁을 벌인다. K.는 브뤼켄호프 여관에서 성의 한 직원과 통화하여 자신이 측량사로 채용되었다는 대답을 듣는다. 그러자 그는 성이 자신에 대해 이미 세세한 것까지 잘 알고 있으며 자신을 측량사로 채용한 것을 자신과의 싸움을 받아들인 것으로 간주한다. 이러한 반응은 K.가 실제로 측량사로 초빙된 것이 맞는지 의구심을 갖게 한다. 그는 조수들을 처음 만났을 때 행복했던 군시절을 떠올리기도 한다. 또한 그가 브뤼켄호프 여관에서 하녀의 방에 묵었을 때, 그 방에 군인 그림이 걸려 있는 것도 우연은 아닐 것이다. 이는 모두 전사로서 K.의 특성을 보여준다.

브뤼켄호프 여관에 머물 때 K.는 클람을 만나겠다고 고집해 여관 여주인과 말다툼을 벌인다. 여주인은 K.가 반항적이고 고집이 센 어린아이 같다고 비난하며, 정 클람을 만나고 싶으면 자신이 아는 사람을 통해 만남을 주선해보겠으니 그때까지 기다리라고 하지만, K.는 이러한 제안을 단칼에 거절한다. 여관 여주인은 그럼 마음대로 하라며 완전히 그와의 관계를 단절한다. K.는 비단 마을 사람뿐만 아니라 성의 비서인 모무스와도 맞서 싸운다. 클람의 비서인 모무스가 헤렌호프 여관의 마당에서 클람이 나오기를 기다리는 K.를 불러 자신과 함께 건물로 들어가자고 제안하지만, K.는 이를 거부한다. 또한 모무스가 나중에 조서 작성을 위해 몇 가지 물어볼 것이 있으니 협조하라고 하지만, 이때도 K.는 그 제안을 거절한다. 물론 K.는 자신이 이러한 제안을 거절할 때마다 그 이유를 들지만, 독자는 K.의 태도가 지나치게 반항적이고 고집스러운 것이 아닌가 하는 인상을 받는다.

그런데 K.의 반항적 태도와 고집, 싸움에 대한 성향을 단순히 그의 성격 탓으로만 돌릴 수는 없다. 오히려 이러한 그의 성향은 자신에게 사회적 인정을 부여하기를 거부하는 사회에 대한 저항과 밀접히 연결되어 있다. 따라서 마을 사람 및 성 관리와의 싸움은 곧 일종의 인정 투쟁이라고 할 수 있다.

앞 장에서 이야기했듯이, K.는 성과 마을로부터 온전한 권리를 인정받지 못해 부랑자와 같은 임시적 삶을 영위한다. 하지만 K.가 마을에서 쫓겨나거나 체류나 직업활동을 완전히 거부당한 것은 아니므로, 엄밀히 말해 그의 법적 권리가 완전히 박탈된 것으로 보기는 어렵다. 그가 성과 마을 공동체로부터 인정받지 못한 것은 그의 사회적 가치다. K.가 측량사로 등장하는 것이 단순히 그가 실제로 토지를 측량하는 직업을 수행한다는 의미만 갖는 것은 아니다. 그것은 가령 비유적인 의미에서 K.가 성으로 가는 길을 측량한다는 의미일 수도 있다. 그는 이러한 목적을 위해 다분히 계산적으로 프리다, 바르나바스, 성에서 내려온 한스의 어머니를 이용한다. 이처럼 K.의 계산적이고 전략적인 모습이 측량사라는 직업을 통해 암시된다.

인정 담론의 맥락에서 볼 때, 측량은 K.가 자신의 목적과 관련해 사람들의 가치를 측정한다는 의미를 지닌다. K.에게 마을 사람들의 가치는 오직 그가 클람과 성에 도달하기 위해 도움이 되느냐 아니냐에 따라 결정된다. 그런데 이처럼 타인의 존재와 속성을 그 자체로 인정하기보다는 특정한 기준에 따라 판단하고 위계적인 가치 질서 속에서 서열화하는 사고 방식은 성과 마을에 나타나기도 한다.

마을 사람들은 성의 관리들이 정확히 무슨 일을 하는지 모르지만, 그들이 온종일 서류 더미에 뒤덮여 무언가를 작성하거나 민원인을 심문하는 것을 대단히 가치 있고 고귀한 일로 평가한다. 성의 관리와 마을 주민 사이에는 신분제 사회에서처럼 명확한 위계질서가 존재하는데, 다만 이러한 구분이 전근대 사회에서처럼 혈통에 의한 것이 아니라 그들이 하는 일의 성격에 의해 결정되는 것처럼 보인다.

흥미로운 것은 직업에 따른 사회적 가치의 차이가 비단 성의 관리와 마을 주민 사이에만 나타나는 것이 아니라는 사실이다. 마을 주민들 역시 그들이 하는 일이 무엇인가에 따라 상이한 평가를 받는다. 가령 아직 시민의 딸이었을 때 올가는 여관 주점에서 일하는 프리다를 거만하게 내려다보며 무시한다. 여관 내에서도 무슨 일을 하느냐에 따라 그 사람의 가치가 달라진다. K.와 사귀는 바람에 프리다가 클람의 곁을 떠나고 헤렌호프 여관에서 브뤼켄호프 여관으로 옮긴 것은 그녀의 사회적 가치가 떨어졌음을 보여준다. 성의 관리가 숙박하는 헤렌호프 여관에서의 근무는 마을 주민만 묵는 브뤼켄호프 여관에서의 근무보다 훨씬 가치가 있기 때문이다. 같은 여관 내에서도 무슨 일을 하느냐에 따라 그 사람의 사회적 가치가 달라진다. 페피는 프리다가 헤렌호프 여관을 떠나는 바람에 그녀를 대신해 주점의 여급직을 맡게 된다. 그녀는 K.가 프리다와 연인이 된 덕분에 자신이 객실 하녀에서 주점 여급으로 올라섰다며, 이를 일종의 신분 상승으로 간주한다. 마찬가지로 프리다가 다시 헤렌호프 여관의 원래 자리로 돌아오는 바람에 페피가 다시 객실 하녀의 일을 하게 되었을 때, 그녀는 이를 신분 하락으로 여기며 슬퍼하기도 한다.

이처럼 개인의 직업과 성 및 마을 공동체로부터의 평가와 인정은 그의 사회적 가치를 규정하며 삶에 지대한 영향을 미친다. 그래서 소설 인물들은 자신의 사회적 가치를 높이고 더 많은 사회적 인정을 받기 위해 투쟁하는 것이다.

사회적 인정이 보류되거나 박탈된 인물들, 즉 K.와 바르나바스 가족이 이러한 인정 투쟁의 가장 대표적인 인물이라고 할 수 있다. 인정 투쟁을 촉발하는 원인 중 하나는 상대방에 대한 무시다. 브뤼켄호프 여관 여주인은 K.가 프리다와 결혼하기 전에 클람과 만나야겠다고 하자 K.에게 이렇게 말한다.

"우리는 이곳에서 당신의 결혼승낙을 얻어내기 위해 이렇게 굽신거리며 애쓰고 있는데, 그런 당신은 대체 어떤 사람인가요? 당신은 성에서 온 사람도 아니고 그렇다고 마을 출신도 아닙니다. 당신은 정말 아무것도 아니에요. 아니 유감스럽게도 어떤 존재이기는 하지요. 길을 가다 보면 어디서나 흔히 만날 수 있고 그로 인해 늘 불쾌한 일이 생기게 되는 이 방인이죠."(80)

상대방의 가치를 끌어내리며 그의 존재를 무시하는 행위는 그 사람에게 수치심을 불러일으킨다. 카프카의 또 다른 소설 『소송』의 마지막 장면에서 두 형리에게 채석장으로 끌려가 개처럼 죽는 요제프 K.는 자신의 죽음을 수치스럽게 생각한다. "그가 죽은 후에도 수치심이 남아 있을 것만 같았다."[16] 상대방을 벌레처럼 여기며 그와의 접촉을 피하고자 할 때 느끼는 감정이 혐오라면, 반대로 상대방에 의해 자신의 인격과 권리가 존중받지 못하고 무시되었을 때 느끼는 감정은 수치심이다. 이처럼 사회적 인정의 거부로 생겨나는 감정인 수치심은 그것이 부당하다고 느껴질 때 이에 대한 저항을 유발할 수 있다. 자신을 예외적이고 특별한 존재로 느끼는 K.는 자신의 자존감을 훼손하는 마을 주민들과 성의 비서들의 언행에 도전적이고 반항적인 태도로 맞서며 이에 대한 일종의 전투를 선언한다.

K.는 클람의 편지를 받고 자신의 직속 상관으로 언급된 마을 면장을 방문한다. 면장을 방문하기 전에 K.는 관청이 자신을 어떤 전략으로 대하는지, 자신을 어떻게 쓰러뜨리고 제

거하려 하는지에 대해 생각한다. 성은 K.에게 사소한 일에서는 호의를 베풀고 마을 내에서 자유롭게 돌아다니게 하지만, 이를 통해 자신의 전투 의욕을 꺾고 그를 무력하게 만들려고 한다. 하지만 그는 자신을 스스로를 위해 싸우는 전사로 생각하며 아마도 자신이 모르는 비슷한 세력이 있을 것으로 추측한다.

면장과의 대화에서 K.는 결코 그의 설명에 만족하거나 그의 지시를 따르지 않는다. 면장은 K.가 측량사로 초빙된 것은 관청의 착오로 인한 것일 뿐이며 마을에는 측량사가 필요 없다고 말한다. 그러면서 이제 겨우 해결된 문제를 K.가 다시 들쑤신다면 이를 용납하지 않겠다며 자신의 말을 이해했을 것이라고 믿는다고 말한다. 하지만 K.는 특유의 반항심으로 이렇게 대꾸한다. "'물론이지요'라고 K.는 말했다. '하지만 더 분명히 이해하는 것은 이곳에서 내가, 그리고 어쩌면 심지어 법이 끔찍하게 악용되고 있다는 사실입니다. 저는 몸소 그것에 맞서 싸울 것입니다.'"(112) 또한 면장이 성의 결정이 내려지거나 심문할 필요가 있을 때 K.를 부르겠다고 하자 K.는 이러한 지시에도 불응하며, 자신은 "자신의 권리를 주장할 뿐이지 성이 자비를 베풀기를 바라는 것이 아니"(119) 라고 말한다.

물론 K.의 인정 투쟁이 성이 대변하는 사회질서와 규범 자체를 공격하고 심지어 전복하려는 것으로 보기는 힘들다.

그는 성과 마을로부터 사회적 인정을 받고 자신의 권리를 획득하기를 원하지만, 그 이상으로 나아가지는 않는다. 여성을 성적으로 착취하고 마을 주민들에게 절대적 권력을 행사하는 성의 권력에 맞서 고통받는 마을 사람들과 연대하여 함께 싸우려는 K.의 의지를 발견하기는 힘들다. 오히려 그는 자신의 권리와 이익만을 추구할 뿐이며, 타인을 이러한 목적을 달성하기 위한 도구로 사용한다. 이러한 태도에서 K.의 인정 투쟁이 지닌 모순이 드러난다. 그는 자신은 권리 인격체이자 가치 있는 존재로서 인정받기를 원하지만, 상대방에게는 그러한 인정과 가치를 부여하지 않기 때문이다. 바로 이러한 모순이 그의 인정 투쟁이 성공을 거두기 힘든 이유이기도 하다.

K.는 자신의 권리를 주장하고 사회적 인정을 받기 위해 클람을 만나거나 성으로 들어가려고 한다. 하지만 그러한 계획이 성공을 거두지 못할 것이라는 사실은 이미 작품 초반에 성을 향해 가려는 그의 시도가 실패로 끝나는 데서 암시된다. K.는 마을의 큰길을 따라가다 보면 성에 이를 수 있다고 생각하지만, 그 길은 성에서 멀어지는 것도 그렇다고 가까워지는 것도 아니다. 그는 포기하지 않고 계속 걸어가지만, 결국에는 좁은 골목길로 접어들어 마을 농가에 이르게 된다.

이처럼 K.가 지리적인 의미에서만 성에 도달하지 못하는 것은 아니다. K.가 자신의 사회적 인정과 권리를 획득하기 위해 만나야 하는 성의 고위관리인 클람 역시 그에게는 도달할 수 없는 존재로 묘사된다. 클람은 K.에게 직접 모습을 드러내지 않고 편지를 통해서만 자신의 의사를 전한다. K.는 올가를 따라 처음 헤렌호프 여관을 방문했을 때 여급인 프리다를 통해 문구멍으로 클람을 본다. 이때만 해도 문 하나가 K.와 클람 사이를 가로막고 있었지만, 시간이 흐르면서 두 사람 사이의 간극은 점점 더 벌어진다. K.가 나중에 혼자 헤렌호프 여관을 찾아갔을 때, 우연히 클람이 거기에 묵고 있으며 곧 썰매를 타고 성으로 가려 한다는 사실을 알게 된다. K.는 여관의 마당에서 클람이 나오기를 기다리지만, 그가 기다리는 것을 눈치 챈 클람은 밖으로 나오지 않는다. 그리고 K.가 다시 건물 안으로 들어왔을 때 그는 이미 여관을 떠난 뒤였다. 여기서 K.는 클람을 보지는 못하지만, 그와 매우 가까운 거리에 있다. 하지만 이후로 K.는 더 이상 클람의 근처에 다가가지 못할 뿐만 아니라, 그로부터 어떤 연락도 받지 못한다. K.는 끊임없이 클람을 만나려고 애쓰지만, 시간이 지나면서 K.와 클람 사이의 거리는 점점 멀어지고 클람은 그에게 도달할 수 없는 존재로 나타난다. K.는 자신의 궁극적인 목표는 성이며 클람을 거쳐 성으로 가려 한다고 말하지만, 그에게는 성에 도달하는 것은 물론이거니와 클람과의 만남조차 성사시키기 어려운 것처럼 보인다. K.는 클람과의 만남을 통해 자신의 권리와 사회적 인정을 보장받을 수 있다고 생각하지만, 클람과의 만남이 요원할 때 그의 인정 투쟁은 시시포스의 행위처럼 무의미한 끝없는 사투가 될 것이다.

2) 바르나바스 가족

아말리아가 소르티니의 부름에 응하지 않은 이후 그녀의 가족은 마을 공동체로부터 소외되고 몰락의 길을 걷는다. 아말리아를 제외한 가족 모두가 잃어버린 사회적 인정을 되찾기 위해 각자의 방식으로 성과 관계를 맺으려고 노력한다.

바르나바스의 아버지는 마을 사람들의 멸시를 견디며 집안이 몰락해가는 과정을 지켜보다가 성의 용서를 구하고자 탄원에 나선다. 우선은 마을 면장이나 서기, 성의 비서 등을 만나 용서를 구하고, 나중에는 심지어 성으로 가는 마차를 세워 성 관리의 용서를 받으려고 한다. 하지만 이들에게는 바르나바스 가족을 용서할 권한이 없었고 이 가족에 대한 고소가 실제로 접수된 바도 없어서 이 사건을 조사하거나 용서하는 것 자체가 불가능하다. 용서하려면 먼저 죄가 있어야 하는데, 이러한 죄 자체가 명확하지 않은 것이다. 바르나바스의 아버지는 추운 겨울에 밖에서 성의 관리를 만나기 위해 온종일 기다리다가 결국 병이 든다.

병든 아버지를 대신해 성과의 접촉을 시도한 사람은 올가다. 마을 사람들이 오직 소르티니의 하인이 모욕을 당했다는 이야기만 했기 때문에, 올가는 그를 찾아 용서를 구하면 모든 것이 해결되리라고 소박하게 생각한다. 더욱이 아말리아를 제외하고 그녀만이 그 하인을 보았기 때문에 자신이 그를 찾아야 한다고 믿는다. 그래서 그녀는 헤렌호프 여관으로 가서 그곳에 있는 성과 마을의 하인들을 만난다. 하지만 소르티니는 그 사건 이후 자취를 감추었고, 그의 하인 역시 더는 볼 수 없었다. 올가는 손님으로 돈을 지불하면서도 여관 주점에서 환영받지 못했지만, 성에서와 달리 마을에 오면 짐승처럼 날뛰는 하인들을 통제하기 힘들었던 프리다가 올가가 그들의 장난감이 되어 관심을 돌려놓자 그녀가 그곳에 오는 것을 허락한다. 이에 올가는 일주일에 두 번씩 그곳에서 시간을 보내며 하인과의 성관계를 이용해 성과의 교류를 시도한다. 하지만 하인들이 여관에서 한 약속은 그곳을 떠나면 무용지물이었고, 그 때문에 그들을 통해 좋은 평판을 회복하려는 올가의 시도는 성공을 거두지 못한다.

올가는 하인들을 통해 들은 이야기를 때때로 동생인 바르나바스에게 들려주었는데, 그는 이를 통해 성에 관한 관심을 갖게 된다. 특히 올가가 만일 자신들의 잘못으로 소르티니의 심부름꾼이 그만두게 되었다면 자신들이 그 임무를 수행하면 되지 않겠느냐고 말하자, 바르나바스는 귀가 솔깃해져 어느 날 성을 찾아갔는데 놀랍게도 너무 쉽게 그 안으로 들어갈 수 있었다. 하지만 기대와 달리 그는 아무런 일거리도 받지 못한 채 의미 없이 그곳에서 시간만 보내다가 돌아오곤 했고 이로 인해 절망에 빠졌다. 그러던 중 어느 날 그는 성의 사무실에서 K.에게 보내는 클람의 편지를 받고 새로운 희망을 품는다. K.에게 편지를 전달하는 임무는 그에게 너무나 소중했는데, 이는 그가 성으로부터 심부름꾼으로서 인정받았다는 것을 의미하기 때문이다. K.라는 존재를 통해 자신과 그의 가족이 사회적으로 다시 인정받는 것이 가능해질 수 있다고 믿었기 때문에, 바르나바스는 K.의 호의를 얻으려 노력하며 그를 보호하려 한다.

　하지만 바르나바스가 정말로 성으로부터 심부름꾼으로 받아들여졌는지는 의문이다. 심부름꾼이 되면 관청에서 관복을 받아야 하지만, 그의 관복 수여는 계속 미루어진다. 또한 바르나바스는 클람으로부터 편지를 받아 K.에게 전달하는 일을 맡았지만, 그가 진짜 클람을 만났는지는 그 자신도 확신하지 못한다. 더욱이 그는 성의 사무실에 들어갔다고 믿었지만, 사실 그것이 성의 사무실이 아니라 대기실에 지나지 않을 수도 있다. 이처럼 그가 성의 심부름꾼의 징표로 생각하는 것 중 어느 것도 확실한 것이 없으므로 그가 공식적으로 성의 심부름꾼으로 채용된 것이라고 보기는 어렵다. 마치 올가가 헤렌호프 여관에서 만난 하인들을 통해 들은 비공식적이고 우회적인 직원 채용 방식의 경우처럼, 평판이 나쁜 집안의 사람으로서 바르나바스는 우연한 기회에 그곳에서 일거리를 맡은 것, 즉 공식적으로 채용되지 않고 반쯤 용인된 일을 맡은 것일 가능성이 크다. 이러한 인정 유보는 K.의 경우와 비슷하다. "그(바르나바스)는 공식적인 직원이 아니라 단지 몰래 반쯤 용인된 사람에 불과하며, 그래서 아무런 권리나 의무를 갖지 않는다."(351) 아무런 권리도 의무도 갖지 않는 사람은 권리 인격체로 사회적 인정을 받지 못한 자다. 바르나바스는 가족 중 가장 순수하게 여겨져 사회에서 반쯤 용인되고는 있지만, 여전히 온전한 사회의 일원으로 받아들여지지 못하며 사회적 인정을 획득하고자 홀로 투쟁한다.

올가는 아무런 소득도 얻지 못해 자기 일에 회의하는 동생에게 자신들을 위해 싸우는 일이 왜 의미가 없냐며 용기를 불어넣지만, 바르나바스의 인정 투쟁은 K.의 인정 투쟁과 마찬가지로 성공에 대한 보장이 없는 무의미한 행위의 반복에 지나지 않는다. 아버지와 올가 그리고 바르나바스 모두 성과 마을로부터 빼앗긴 사회적 인정을 되찾고 자신들의 정체성을 수립하기를 원하지만, 이것이 성의 규범과 질서에 대한 도전이나 저항을 의미하지는 않는다. 이들의 인정 투쟁은 결코 사회적, 정치적 투쟁의 성격을 지니지 않으며, 오히려 자신들의 잘못에 대한 용서를 구하고 이를 통해 사회 속에 다시 편입될 수 있기를 바라는 탄원의 성격을 띤다. 따라서 엄밀한 의미에서 바르나바스 가족이 사회적 인정을 되찾기 위해 노력하는 것은 인정 투쟁이라기보다는 인정 탄원이라고 불려야 할 것이다.

4.
예외적 인간: K.와 아말리아

K.는 단순히 이방인으로서 성과 마을 공동체에 의해 차별받고 사회적 인정이 거부되는 희생자로만 나타나지 않는다. 오히려 그는 다양한 모습을 지닌 모순된 인물로 등장하며, 어떤 관점에서 바라보는지에 따라 그에 대한 평가도 달라진다.

우선 K.는 목적 지향적이고 계산적인 특징을 지닌다. 그의 계산적 속성은 단순히 측량사라는 직업에서만 나타나는 것은 아니다. 그는 클람을 만나고 성에 도달하려는 목적을 달성하기 위해 수단과 방법을 가리지 않는다. 프리다, 한스의 어머니 그리고 바르나바스 역시 이러한 목적을 달성하기 위한 수단으로 사용된다. 프리다는 이를 눈치채며, K.가 클람과의 만남을 일종의 거래로 생각하고 자신을 오직 클람을 만나기 위한 수단으로만 생각하고 있다며 자신이 가치가 없어지면 그것에 맞게 자신을 취급할 것이라고 말한다. 그녀는 또한 K.가 어린 한스와 이야기를 나누는 이유 역시 성 출신인 그녀의 어머니에게 접근해 클람을 만나기 위해서라고 주장한다.

K.는 프리다의 말을 부인하지 않고 자신이 클람을 만나려는 것을 이전부터 알고 있지 않았냐며, 바르나바스와 자주 접촉하는 것도 오직 그 때문이라고 말한다. 또한 한스의 어머니가 클람에게 접근하는 방법을 알고 있을 것이라며 그녀에게 도움을 기대하고 있음을 숨기지 않는다.

K.의 이러한 계산과 목적 지향적 태도가 그에게 성공을 가져다줄지는 의심스럽다. 줄거리가 진행되면서 그가 클람과 성으로부터 점점 멀어지는 것은 제외하더라도 그의 계산이 제대로 맞아떨어지지 않는다는 것이 소설에서 입증되기 때문이다. 가령 그는 아침에 브뤼켄호프 여관을 나와서 마을을 돌아다녔는데, 그의 '계산'에 따르면 2시간 정도 지난 것 같은데 실제로는 벌써 어두워져 있었다. 또한 그는 눈길을 걸어 다니며 성으로 가고 있다고 생각했지만, 실제로는 바르나바스 집으로 향하고 있었다. 이처럼 그의 계산은 잘못된 것으로 밝혀지고, 그가 도달하려는 목표는 매번 빗나가고 만다.

하지만 K.가 자신의 목표에 도달하기 위해 프리다에게 한 것처럼 솔직히 마음을 털어놓는 것만은 아니다. 오히려 그는 사기꾼의 면모를 지니며 자주 자신의 신분을 위장하곤 한다. 그가 정말로 성으로부터 측량사로 초빙을 받은 것인지도 사실을 의심스러운데, 왜냐하면 그는 자신이 길을 잃고 이 성의 마을에 들어왔다고 말하기 때문이다. 소설 마지막에 헤렌호프 여관 여주인이 그에게 정말 측량사가 맞는지 묻자, 그는 당신도 거짓말을 하고 있지 않냐고 되묻는다. 이는 K. 자신이 거짓말을 하고 있음을 자백하는 것이다. 또한 성에 속한 마을에 도착한 날 한 통화에서 그가 누구인지 묻는 관청 직원의 질문에 K.는 자신이 K.의 옛 조수라고 대답한다. 이처럼 K.가 빈번히 거짓말을 해서 그의 말을 완전히 신뢰하기는 힘들다. 가령 그는 병을 앓고 있는 한스의 어머니의 치료에 도움을 줄 수 있을 것처럼 행동한다. 그러면서 자신이 약초에 대해 많이 알고 있고 의사도 못 고친 환자의 병을 고친 경험도 있다고 주장하는데, 이러한 주장은 그리 신빙성이 없어 보인다. 이처럼 자신을 때로는 측량사로 때로는 치료사로 내세우며 다양한 역할을 하는 K.는 연극배우 같은 인상을 준다.[17] 이 소설에서 때로 K.의 배우적인 모습이 언급되는 것도 이러한 맥락에서 이해할 수 있다.

이러한 계산적이고 목적 지향적인 이기주의자나 거짓말을 일삼으며 다른 사람을 현혹하는 사기꾼의 이미지 외에 K.는 예외적인 인간의 모습을 띠기도 한다. 마을 사람들은

K.가 성의 초대로 측량사로 오게 된 것을 "예외"(25)라고 말한다. 이 말은 일반적으로 외부 사람, 즉 이방인이 이 마을에 초대되어 직업을 갖게 되는 일은 거의 없음을 의미한다. K.는 마을 공동체에 통합되고 평범한 마을 주민의 권리를 획득하고 싶어 하지만, 그것이 결코 그가 특별한 존재로서 자신을 의식하는 것을 포기하게 만들지는 않는다. 그는 마을 면장이나 선생뿐만 아니라 성의 비서들에게까지도 복종하지 않고 자신의 의견을 내세운다. 이러한 점에서 그는 일반 마을 사람들과 확연히 구분된다. 그는 사회에 통합되기를 원하더라도 결코 자신의 예외적 지위를 포기하지 않는 것이다.[18]

K.가 마을에 도착했을 때 몇몇 마을 사람들은 그에 대한 기대를 품고 있었고, 여관의 객실 하녀인 페피는 심지어 그가 여성들을 해방해줄 영웅이 될 것이라는 희망을 품기도 했다고 말한다. 예외적 인간으로서 K.에 대한 기대는 특히 어린 한스의 말에서 잘 드러난다. 프리다가 한스에게 장차 어떤 사람이 되고 싶은지 묻자, 한스는 주저하지 않고 K. 같은 사람이 되고 싶다고 대답한다. "지금은 K.가 아직 낮은 신분이며 끔찍한 모습이지만, 실로 상상조차 할 수 없을만큼 먼 미래에는 그가 모든 사람을 능가할 것이라고 했다. 그야말로 어리석게까지 느껴지는 아득한 미래와 그 미래로 이끌어줄 자랑스러운 성장 과정이 한스를 매료시켰다. 그래서 그는 이에 대한

대가로 현재의 K.를 감수하려고 했다.”(237)

이처럼 한스는 K.를 거의 메시아처럼 생각하는데, 실제로 K.에게는 여러 가지 면에서 메시아의 특징이 있다. K.는 외모가 정확히 묘사되지 않고 어디에서 왔는지도 알려지지 않는다. 자신의 고향을 떠나 이리저리 떠돌아다니고 있는 K.의 모습은 방랑자로서의 메시아의 모습과 일치한다.[19] 또한 K.의 이름이 알려지지 않고 머리글자로만 불리는 것도 메시아가 지닌 익명적 특성에 부합한다. 이러한 메시아로서 K.의 모습은 그의 직업 명칭 안에도 숨겨져 있다. 히브리어로 측량사라는 단어는 ‘maschoach’인데, 이는 메시아를 뜻하는 ‘maschiach’와 매우 비슷하다.[20] 이는 자신을 측량사로 내세우는 K.가 곧 메시아임을 의미하는데, 만일 K.가 그의 말과 달리 측량사가 아니라 측량사를 자처하는 사기꾼이라면, 자신을 특별한 인간으로 내세우며 메시아를 자처하는 K. 역시 가짜 메시아일 것이다. 로버트슨은 K.에게서 가짜 메시아의 특징이 보인다며 이러한 특성을 열거한다. 메시아는 기존의 질서에 도전하고 맞서 싸우는데, 앞에서 이야기한 K.의 공격적이고 전투적인 면모 역시 메시아적인 특성이라고 할 수 있다. 하지만 그는 다른 사람을 구원하기 위해서가 아니라 오직 자기 자신의 이기적 목적에서 투쟁하는데, 여기서 그의 가짜 메시아의 면모가 나타난다. 또한 그의 사기꾼적인 면모는 가짜 메시아적인 그의 모습을 부각한다. 나아가 메시아에게는 항상 그를 메시아로 선언하는 사람이 나타나는데, 여기서는 어린 한스가 그런 역할을 한다. 즉 K.가 먼 미래에 모두를 능가하는 존재가 되리라는 것이다.[21] 하지만 K.가 메시아로서 마을 사람들을 구할 것이라는 희망은 환상에 불과한 것처럼 보인다. 그는 마을 사람들은 물론이고 자기 자신조차 구하지 못하기 때문이다. 카프카는 이 소설에서 먼 미래에 사람들을 구원할 메시아에 대한 희망이 실은 환상에 불과하다는 점을 보여준다. 하지만 이것이 인간과 세계에 대한 그의 비관적 입장을 의미하는 것이 아님을 다음 장에서 보여줄 것이다.

이 소설에서는 또 한 명의 예외적 인간이 등장한다. 그 사람은 바로 아말리아다. 그녀의 언니인 올가는 동생에 대해 이렇게 평가한다. "아말리아는 예외라고 당신은 말하겠지요. 맞아요, 그녀는 예외예요. 소르티니에게 가기를 거절함으로써 그녀는 이를 입증했지요. 그것만으로도 충분히 예외적이에요. 하지만 그녀가 소르티니를 사랑하지 않았다고 한다면, 이는 예외로 보기에도 너무 지나칠 거예요. 그런 태도는 정말 이해할 수 없을 거예요."(311)

위의 문장에서 아말리아에게서 나타나는 예외의 이중적 특성이 드러난다. 한편으로 아말리아는 올가를 비롯한 마을의 어떤 여성도 물리칠 수 없을 성 관리의 부름을 단호히 거절한다. 분명 이는 마을 여성의 일반적 행동에서 벗어나는 예외적 반응이다. 하지만 올가의 생각으로는 그렇다고 그것이 아말리아가 작고 못생긴 소르티니를 사랑하지 않았다는 이유가 되지는 못한다. 오히려 아말리아는 소방 축제를 앞두고 자신을 예쁘게 치장하고 꾸몄으며 소르티니와의 만남을 기대하고 있었다. 따라서 그녀는 성 관리가 뿜어내는 아우라의 매력을 거부할 정도로까지 예외적인 인간은 아니다. 하지만 그녀는 마을의 다른 여성들처럼 성 관리에게 매력을 느끼면서도 소르티니의 상스럽고 모욕적인 편지와 그 안에서 드러난 비도덕적 태도를 받아들이지는 못한다. 바로 여기에 그녀의 예외성이 있는 것이다.

아말리아의 예외성은 소르티니의 부름을 거절했을 때뿐만 아니라, 그 이후 그녀의 집안이 몰락하기 시작했을 때 보인 그녀의 태도에서도 드러난다. 아버지와 올가, 바르나바스까지 가족 모두가 성의 관리에게 탄원하고 성과의 접촉을 통해 용서받으려고 노력하지만, 아말리아는 침묵으로 일관한다. 어찌 됐든 집안의 몰락에 책임이 있는 사람으로서 아말리아는 용서받기 위해 적극적으로 행동할 법도 하지만, 결코 자신의 잘못에 대한 용서를 구하지 않는다. 아말리아의 침묵은 자신의 행동이 절대로 잘못된 것이 아니며 자신에게 아무런 죄가 없음을 암시한다. 이것은 도덕적으로 타락한 가부장사회의 성적 폭력에 대한 일종의 저항인 셈이다.

하지만 아말리아가 다른 가족이 성에 탄원하는 것을 가로막으며 성과 정면충돌하거나 성에 맞서 투쟁하는 것으로까지는 나아가지 않는다. 올가식으로 말하면, 그녀는 그 정도까지 예외적인 인간은 아닌 것이다. 아말리아의 저항은 성이 개인으로서의 자신에게 행하는 부당한 행위에 대한 수동적 저항일 뿐, 마을 사람들의 사회적 지탄이나 그것의 근저에 깔린 위계적인 성의 규범과 질서를 비판하고 이러한 질서의 전복을 꾀하는 사회 정치적인 행동으로 발전하지는 못한다. 그래서 그녀는 가족이 집안을 되살리기 위해 행동하는 것을 묵묵히 지켜보며, 이 과정에서 그녀의 부모가 병이 들자 그들을 헌신적으로 돌본다.

"마을 사람들이 구원을 발견하는 곳에서 아말리아와 K.는 폭력을 본다."[22] 따라서 아말리아의 성에 대한 인식과 저항은 마을 사람들의 행동과 구분되는 예외적 성격을 지니지만, K.의 투쟁과 비슷하게 개인적 차원을 넘어서지 못하며 사회 전체의 질서를 문제 삼고 이를 개선하려는 노력으로 이어지지는 않는다.

3장

K.의 변신과 가모장적 (무)질서

1.
『성』의 새로운 독법을 위한 몇 가지 전제들

카프카의 모든 작품과 마찬가지로 『성』도 수수께끼 같은 작품이다. 이 작품에서 K.가 들어가려는 성이 정확히 무엇을 가리키는지, 또 어떤 성격을 지니는지는 명확히 밝혀지지 않는다. 기존의 연구에서 성은 예를 들면 권력 기구[23]를 가리키는 것으로 해석되기도 했고, 반대로 신의 자비[24]를 가리키는 것으로 해석되기도 했다. 이와 마찬가지로 K.가 만나고자 하는 성의 관리인 클람 역시 비슷한 양가적인 성격을 지닌다. 클람을 어떻게 묘사하고 평가할 것인지는 그를 관찰하는 사람의 시점에 달려 있다. 또한 이 소설에서 가령 K.가 희생자인지 아니면 죄인인지, 그에게 비극적 운명이 닥칠지 아니면 그가 자신의 정체성의 위기를 새로운 기회로 이용할지는 어떤 시점에서 바라보느냐에 따라 다르게 해석된다.

이 소설을 해석하는 연구자의 대부분은 성과 K.의 부정적인 측면을 강조한다. 이러한 해석에 따르면, 성은 마을 주민에게 영향을 미치고, 직접 그들의 삶에 관여하지 않더라도 그들의 행동을 뒤에서 조종하는 권력기관으로 간주된다.[25] 이는 특히 성의 관리인 소르티니의 부름에 응하지 않은 아말리아의 가족이 마을 공동체에서 배제되고, 마을 주민들이 그녀의 가족과의 접촉을 피하며 이들을 몰락하게 만든 사건에서 잘 드러난다.

이처럼 아말리아의 가족이 성 관리의 지시에 복종하지 않음으로써 마을 공동체에서 쫓겨나고 사회적 인정을 박탈당한다면, K.는 이방인으로서 마을 공동체에 편입되지 못하고 사회적 인정도 받지 못하며 신분 하락의 길을 걷는다. 하지만 그가 단순히 희생자로만 묘사되는 것은 아니다. 오히려 그는 거만하고 반항적이며 계산적인 인물로서 마을 사람들과의 관계를 클람과 성에 도달하기 위한 수단으로 이용하려고 한다. 대부분 연구자는 K.가 성에 도달하지 못하며 결국에는 비극적인 결말을 맞을 것이라고 추측한다.[26]

물론 성이 가부장적이고 관료주의적인 측면을 가지고 있고, K.가 희생자의 면모뿐만 아니라 사기꾼의 기질이나 이기적인 면모를 지니고 있다는 해석은 전적으로 타당하다. 하지만 K.와 성의 이런 부정적 측면만을 강조한다면, 카프카의 작품에 숨겨진 복합적인 의미를 간과할 위험이 있다.

이 소설에 등장하는 성은 『소송』에 등장하는 법원과 유사한 면이 있다. 『소송』의 주인공 요제프 K.가 낮은 예심판사와 변호사만 만나는 것처럼, 『성』의 주인공인 K.도 단지 낮은 직급의 성의 관리들만 만날 뿐이다. 또한 위의 법원과 성의 관청은 모두 남성이 지배하는 공간이라는 점에서도 공통점을 지닌다. 이러한 성의 가부장적 특성은 성의 관리들이 마을 여성들을 성적으로 착취하는 데서도 잘 드러난다. 이들은 원할 때면 언제든지 마을 여성들을 자신에게 불러 성관계를 맺으며 자신의 욕구를 채울 수 있다.

그런데 성을 긍정적 특성을 지닌 기관으로 간주하는 해석도 있다. 막스 브로트는 어둠 속에 묻혀 있으며 도달할 수 없는 성을 은총을 내리는 신과 연결하며 긍정적으로 바라본다. 그래서 아말리아 가족의 몰락은 그녀가 도덕적인 차원을 넘어서 있는 신의 뜻을 이해하지 못한 채 신의 지시를 따르지 않는 데서 비롯된 것으로 해석한다.[27] 하지만 이러한 해석에서 성은 종교적인 모습을 띤 가부장적 질서를 나타내는데, 카프카는 바로 이러한 가부장적 질서를 비판하기 때문에 성을 초월적인 신과 연결하는 해석은 문제가 있다.

성을 이방인 K.에게 사회적 인정을 부여하기를 거부하고, 여성들을 성적으로 착취하며, 이에 저항하는 여성의 가족을 몰락시키는 가부장적 질서로 바라보는 기존의 해석과 달리, 3장에서는 성을 가모장적 (무)질서로 바라보는 또 다른 해석의 관점을 제시할 것이다. 이를 통해 『성』에 대한 완전히 새로운 독법이 가능해진다.

가모장적 (무)질서라는 개념은 앞에서 언급한 가부장적 질서와의 관계 속에서 설명할 수 있다. 카프카는 자신의 작품에서 위계적이고 차별적인 가부장적 질서를 비판하며, 이에 앞서 존재했을 것으로 추정되는 초기 인류의 가모장적 사회 질서를 아르테미스 여신이나 헤카테 여신 같은 신화적인 인물을 통해 암시한다. 하지만 카프카가 자신의 작품에서 태고의 가모장적 질서를 다루는 것은 그러한 사회를 이상적인 모범으로 삼으며 태고의 질서로 돌아가기 위함이 아니다. 물론 가모장적 질서는 가부장적 질서를 비판할 수 있도록 해준다는 점에서 긍정적 측면을 지니지만, 아직 이러한 질서가 남녀의 이분법적 구분과 여성의 권력에 기반을 두고 있다는 점에서 한계가 있는 것으로 여겨진다. 카프카는 인간과 동물, 남자와 여자의 경계가 결코 확실하다고 생각하지 않으며, 자신의 작품에서 이러한 경계를 넘나들며 변신하는 인물을 만들어낸다. 그 때문에 카프카는 원시적인 가모장적 질서를 현대적으로 재해석하며 그것에 카오스적인 성격을 부여한다. 가모장적 (무)질서는 끊임없이 변신하고 생성하는 존재로서 역동적이고 카오스적인 성격을 지니며 그 때문에 무질서라고 말할 수 있다. 하지만 이러한 생성적 존재에 잠재된 요소들이 특정한 관계를 맺고 배치될 때, 하나의 사건으로 일어나며 일정한 질서를 띠게 된다. 물론 이러한 요소들의 배치 관계는 매번 달라지므로 그러한 외관상의 질서는 시뮬라르크, 즉 허상에 불과하지만, 다른 한편 인간은 이러한 시뮬라크르의 질서 속에서 살 수밖에 없으며 결코 역동적으로 생성하고 변화하는 카오스적인 존재 자체를 파악할 수는 없다.[28] 그 때문에 카프카의 소설 속 세계는 (무)질서로 나타난다. 또한 이러한 세계의 (무)질서 앞에 '가모장적'이라는 형용사를 붙인 이유는 한편으로 가부장적 사회에 대한 저항의 차원과 관계가 있지만, 다른 한편으로 그러한 세계가 마치 어머니가 아이를 낳듯 끊임없이 스스로를 생성해내기 때문이다. 물론 여기서 유의해야 할 것은 모든 존재가 자신의 자궁에서 스스로를 생성해낸다는 것이다. 가령 카프카의 남자 주인공 역시 (자신의 자궁에서) 스스로를 생성하며 때로는 동물로 때로는 여성으로 변신한다. 이 경우 이러한 변신은 남성이 실제로 동물이나 여성으로 변한다는 의미가 아니라, 동물적 특성이나 여성적 특성을 발산하며 자신을 동물이나 여성으로 강렬히 체험함을 의미한다. 이처럼 가모장적 (무)질서는 견고한 개념적 구분의 질서를 붕괴시키며, 그 해체를 통해 다양한 생성과 변신의 가능성을 열어 보인다.

　3장의 이해를 돕기 위해 개념을 조금 더 설명해야 할 것 같다. 특히 들뢰즈와 가타리의 '동물-되기'라는 개념은 카프카의 소설을 이해하기 위해 매우 중요하다. "동물-되기의 본질이 동물인 척하거나 동물을 흉내 내는 것이 아니라면, 인간이 '실제로' 동물이 되거나 동물이 또한 '실제로' 무언가 다른 것이 되지 않는다는 것도 분명하기 때문이다. 되기는 오직 자기 자신만을 생산할 뿐이다."[29] 즉 인간의 동물-되기란 가령 인간의 몸에 새처럼 날개가 달리거나 맹수처럼 날카로운 발톱이 생겨나는 것 같은 실체적인 변신도 아니고, 인간이 동물의 흉내를 내는 단순 모방도 아니다. 오히려 그것은 자신 안에 내재한 동물적인 특성을 발산하며 그 순간 스스로를 동물처럼 강렬하게 느끼는 것을 의미한다. 마찬가지로 어른의 아이-되기도 어른이 진짜 아이가 된다든지 아이 흉내를 내는 것을 의미하는 것이 아니라, 놀이에 빠진 아이처럼 자기 자신을 잊고 목적 지향적이고 합리적인 삶에서 한순간 빠져나오는 것을 의미한다. 니체는 『차라투스트라는 이렇게 말했다』에서 놀이하는 아이의 특징 중 하나로 망각을 들었는데, 이는 자아 또는 단일한 정체성에 대한 망각을 의미한다. 니체는 오케스트라의 지휘자처럼 중앙에 서서 자신의 모든 행위를 지배하고 통제하는 단일한 자아가 있으리라는 생각을 허구로 폭로한다. 자아에 대한 망각이 통일적인 자아의 해체와 다양한 주체성의 생성과 연결된다면, 목적 지향적이고 합리적인 삶에서의 이탈은 억압된 무의식과 신체성의 발현과 연결된다. 이러한 무의식적 욕망과 신체성의 발현은 특히 카프카의 소설에서는 아이-되기나 동물-되기를 통해 이루어진다. 이러한 두 변신의 유형은 가모장적 (무)질서와 긴밀히 연결되는데, 그것이 어른과 아이, 인간과 동물이라는 개념적인 구분을 넘어섬으로써 이 둘의 사잇공간에서 새로운 것을 창조하고 생성해내기 때문이다.

카프카의 소설 『성』에서 이분법적인 구분에 기반을 둔 위계적인 가부장적 질서의 상징인 성의 세계가 유일한 현실인 것처럼 나타나지만, 이 세계가 사실은 가상에 지나지 않으며 그에 앞서 더 근원적인 가모장적 (무)질서가 존재하고 있음을 인식해야 한다. 이 소설에서 K.는 측량사, 학교 관리인, 치료사, 재단사 등 다양한 역할을 하는데, 이는 종종 그의 사기꾼적인 면모와 연결되어 해석되었다.[30] 왜냐하면 그는 자신을 다양한 모습으로 연출하며 그것이 진짜 자신인 양 내세우기 때문이다. 하지만 그의 거짓 정체성을 단순히 비판적 차원에서만 살펴보는 대신, 그에게 잠재된 다양한 정체성을 펼쳐나감으로써 망각에 빠진 가모장적 (무)질서를 되살리는 시도로 해석할 수도 있다. 따라서 『성』의 해석은 결코 하나의 방향에서만 이루어져서는 안 되며, 그것과 상반된 방향에서 또 다른 해석 가능성을 찾으려고 시도해야 한다. 이를 통해서만 성의 모순된 두 얼굴이 제대로 드러날 수 있을 것이다.

2.

아이와 놀이

K.는 성의 고위관리인 클람을 만나기 위해 여러 차례 시도하지만, 궁극적으로는 성에 들어가는 것이 목표다. 그는 어떻게 하면 성에 도달할 수 있을지 끊임없이 생각한다. 이때 계산적이고 이성적인 측량사로서 그는 성으로 가는 길을 계산해보기도 한다. 이러한 일종의 측량 행위는 진지하고 합리적인 행위로, 무의미한 장난과 놀이를 일삼는 그의 조수들의 행동과 대조를 이룬다. K.가 마을이나 여관에서 만나는 사람은 모두 그에게는 오직 클람을 만나고 성에 도달하기 위한 수단으로서만 의미를 지닌다. 프리다 및 심부름꾼 바르나바스와의 관계 역시 이러한 점에서만 중요하다. K.는 지극히 전략적으로 그리고 목적 지향적으로 행동한다. 바꿔 말해 그에게는 어린아이 같은 순수함과 놀이에 대한 충동이 결여되어

있다.

　　K.는 자신에게 부족한 어린아이 같은 모습이나 유희적 특성을 마을 사람들에게서 발견한다. 그는 브뤼켄호프 여관에 있는 농부들이 자신을 집요하게 쳐다보는 것을 눈치채며, 이런 어린애 같은 모습을 이 마을 어디서나 쉽게 발견할 수 있으리라고 생각한다. 여기서 그가 말한 농부들의 어린애 같은 집요한 호기심은 부정적인 의미를 지닌다. 또한 K.는 자신의 조수인 예레미아스와 아르투어가 하는 유치한 어린애 같은 장난 때문에 화를 내기도 한다. 그들의 장난은 K.에게는 그저 어리석고 무의미한 행동일 뿐이다. 나중에 예레미아스는 클람의 대리인인 갈라터가 자신들을 K.에게 조수로 보낸 이유는 그를 좀 기분 좋게 만들기 위함이지만, K.는 그런 농담이나 장난을 전혀 이해하지 못했다고 말한다.

　　비단 K.뿐만 아니라 다른 사람들의 시선에서도 유희적인 행동은 부정적으로 묘사된다. 바르나바스는 자기 가족이 몰락하자 가장 가까웠던 사람들이 자신들을 버리고 떠나가는 모습을 이렇게 묘사한다. "아버지가 자신을 붙잡는 다른 사람들을 뿌리치고, 도망치는 라제만의 뒤를 대문 앞까지 쫓아갔다가 포기하는 모습은 마치 끔찍한 애들 장난처럼 보였다."(319) 헤렌호프 여관에서 하인들의 도움을 받아 성과 연락할 수 있기를 바라는 올가도 "그 하인들이 미친 듯이 날뛰며 부서뜨리려고 하는 장난감"(355)으로 간주된다.

흥미롭게도 K. 역시 아이의 부정적 특성을 지닌 것으로 묘사된다. 마을 비서인 모무스는 K.에게 "마치 아이를 대하 듯이 고개를 끄덕인다."(175) 여기서 K.가 아이에 비유됨으로써 그의 열등한 지위와 모무스의 무시하는 태도가 강조된다. K.는 헤렌호프 여관에서 우연히 모무스를 만나는데, 자신과 함께 여관으로 들어가자는 모무스의 말을 따르지 않고 고집 센 아이처럼 행동한다. 여관 여주인 역시 K.를 "아직 걸음마도 떼지 못했으면서 대담하게 멀리까지 가려고 하는"(388) 어린애 같다면서, 그 때문에 그의 일에 관여하지 않을 수 없다고 말한다. 이런 어린애 같은 고집과 자신의 힘에 대한 과도한 믿음은 K.의 중요한 특징이다. K.는 마을에 오기 전에 자신이 성에 대해 얼마나 유치한 생각을 가졌는지 인정하지만, 그러한 무지에도 불구하고 어린애처럼 행동한다.

사실 서양의 정신사를 살펴보면, 학문적 관심사는 항상 어른의 정신이었다. 계몽주의적 시각에서 보면, 아이는 아직 미성숙한 정신의 소유자이며 계몽의 대상이었다. 프로이트에 이르러 아이의 심리에 관심을 갖기 시작했고, 심지어 유아기의 심리적 상태가 성인이 된 후에도 지속적으로 영향을 미칠 수 있음을 인정했지만, 그래도 그러한 대상을 연구하는 관점은 언제나 성인의 관점이었다. 니체에 이르러서야 비로소 아이는 정신의 발전 단계에서 가장 높은 단계로 간주되며, 이전과 완전히 다른 평가를 받게 된다. 하지만 주의할 것은 니체가 초인의 모델로 내세우는 놀이하는 아이, 즉 선과 악, 진리와 거짓의 피안에서 모든 것을 미학적 관점에서 바라보는 아이는 아이 자체를 가리키기보다는, 어른이 아이의 속성을 발산하며 아이로 변신하는 것을 가리키는 것으로 보아야 할 것이다. 카프카의 작품에서도 아이는 그 자체로서보다는 어른의 아이-되기라는 맥락에서 중요한 의미를 지닌다. 비록 카프카가 유치하고 자기중심적인 아이의 부정적 측면을 강조하지만, 니체적인 의미에서 자아를 망각하고 놀이에 심취하며 경계를 넘나드는 아이의 긍정성을 강조하기도 한다는 것을 잊어서는 안 된다. 따라서 바로 이러한 양가적 관점에서 카프카의 『성』에 나타난 아이와 아이-되기를 살펴보아야 한다.

그렇다면 아이의 긍정성은 어떤 인물에게서 나타나는가? 성의 관리들에게도 아이 같은 면이 있을까? 성 관리의 책상에는 서류가 쌓여 있으며, 그들은 밤늦게까지 헤렌호프 여관에서 서류에 파묻혀 시간을 보낸다. 이렇게 진지하고 엄격하게 업무에만 몰두하는 성 관리에게 어린아이 같은 면을 기대하기는 힘든 것처럼 보인다. 하지만 이 소설에서 성을 묘사할 때 성의 어린아이 같은 특성에 대한 몇몇 암시들이 등장한다. 가령 성의 "벽은 어린아이가 겁에 질려서 또는 그냥 아무렇게나 그린 것처럼 불확실하고, 불규칙적이며, 마치 부서질 듯 푸른 하늘을 향해 톱니 모양으로 들쭉날쭉 튀어나와 있었다."(18) 이러한 아이의 속성은 단순히 성의 외관뿐만이 아니라 성의 관리에게도 나타난다. K.는 클람의 비서인 에어랑어의 소환을 받지만, 실수로 또 다른 비서인 뷔르겔의 방으로 들어간다. 성과 마을을 연결하는 연락비서인 뷔르겔에게는 상반되는 모습이 공존한다. "어린애처럼 포동한 뺨과 쾌활한 눈을 가졌지만, 훤한 이마와 뾰족한 코, 얇은 입과 아차 하면 사라져버릴 듯한 턱은 전혀 어린애 같지 않았으며 그의 탁월한 사고력을 드러내주었다."(404 이하) 고어로 작은 성을 의미하는 '뷔르겔Bürgel'³¹이라는 이름은 그가 성의 축소 모델임을 암시한다. 그렇다면 그의 외모에서 드러나는 모순성은 곧 성이 지닌 모순된 두 측면, 즉 엄격한 가부장적인 법과 이를 전복하는 아이의 유희적 힘을 가리킨다고 볼 수 있다.

아이의 놀이는 단순히 무의미한 장난이라는 부정적 의미를 넘어서 가부장적인 법을 위협하고 심지어 전복시키는 긍정적이고 해방적인 의미를 지닌다. 이러한 놀이의 해방적이고 전복적인 측면은 무엇보다 헤렌호프 여관에서 하인들이 관리들에게 서류를 나누어주는 장면에서 잘 나타난다. 비서인 에어랑어를 만나고 나서 복도로 나온 K.는 하인들이 작은 수레를 끌고 서류를 관리들에게 배달하는 광경을 구경한다. 이때 K.는 관리들이 특유의 근엄함을 잃고 마치 어린아이처럼 활발하게 움직이며 환호하는 듯한 인상을 받는다. 성의 관리들은 자제력을 완전히 상실하고는 계속 소리를 질러댄다. 그리고 이를 참지 못한 어느 신사가 벨을 누르자 여관주인과 그의 아내가 나타나서 K.를 비난한다. 하지만 K.는 그들의 말을 전혀 이해할 수 없었는데, "왜냐하면 그 신사가 누른 벨 소리가 그들의 말소리에 끼어들었고, 심지어 다른 벨들마저 울려대기 시작했기 때문이었다. 하지만 이들은 더는 곤궁에 처해서가 아니라, 그저 놀이와 넘치는 즐거움 때문에 그렇게 한 것이었다."(441) 여기서 종소리는 피로에 지친 성의 관리들을 즐겁게 하는 놀이의 성격을 띤다.

서류를 배달하는 과정에서 일어난 혼란, 즉 어떤 소풍 분위기와 뒤섞인 여러 목소리 그리고 종소리는 K.의 시점에서는 어린아이의 놀이처럼 묘사된다. 하지만 헤렌호프의 여관 여주인은 이것이 K.가 모르고 저지른 일종의 사고라고 말한다. 여관 여주인의 설명에 따르면, 성의 관리들은 낮에는 민원인들의 모습을 보는 것을 견딜 수 없어 밤에만 심문하는데, 심문이 끝나면 곧바로 잠들어 그들의 추한 모습을 잊을 수 있기 때문이다. 하지만 K.는 이날 자신이 머물러서는 안 되는 복도에 서 있음으로써 관리들의 평안을 깨뜨렸고 이들을 미치게 할 뻔했다. 그래서 관리들이 이를 견딜 수 없어 벨을 눌러 자신들을 불렀다는 것이다.

K.는 에어랑어와의 두 번째 심문이 끝나고 나서 "일종의 취기"(449) 때문에 비틀거리며 걷다가 서류 배달에 관한 규정, 즉 법을 혼란에 빠뜨린다. 그는 전례 없는 일을 저지름으로써 성의 관리들을 거의 절망에 빠지게 한다. 많은 해석자는 K.가 너무 피로한 나머지 뷔르겔과 대화할 때 거의 잠에 취해 그의 말을 흘려듣는 것을 그가 성에 들어가지 못하는 원인으로 간주한다. 뷔르겔은 K.를 기꺼이 돕고자 하기 때문이다. 하지만 K.가 성에 도달하지 못한다는 섣부른 해석을 하기에 앞서, 먼저 성이 무엇을 가리키는지를 알 필요가 있다. 만일 성이 관료주의적인 권력 기구로서의 가부장적인 법과 관련이 있다면, K.는 일반적인 해석처럼 성에 도달하지 못할 것이다. 하지만 성을 가모장적 (무)질서와 연관시키면, 앞의 서류 배달 장면에서 K.는 들뢰즈와 가타리가 말한 의미에서 아이로 변신하며 놀이를 통해 가부장적인 질서의 법을 전복시킨다. 그리고 이를 통해 가모장적 (무)질서를 구현하는 성에 들어갈 가능성이 생겨난다.

앞에서 여관 여주인은 복도에서 일어난 혼란을 K.가 그곳에 서 있어 생긴 일종의 사고로 설명한다. 이로써 그곳에서 일어난 일들을 유쾌한 놀이로 인식한 K.의 관점은 지극히 주관적인 것으로 간주되며 그 타당성이 제한된다. 하지만 여관 여주인의 설명으로 모든 것이 다 해명된 것은 아니다. K.가 복도에 서 있는 바람에 서류 배달이 방해받은 것은 유례가 없는 일이며, 여주인이 말하듯이 오직 K.만이 할 수 있는 일이다. K.의 예기치 않은 습격으로 관리들은 자제력을 잃고, 아이들처럼 환호성을 지르거나 닭의 울음소리를 내며 억압된 그들의 생명력을 발산한다. 다시 말해, 이들은 들뢰즈와 가타리가 말한 의미에서 아이-되기와 동물-되기를 하는 것이다.

또한 K.가 이 장면에서 단순히 이러한 놀이를 구경하는 관찰자가 아니라, 이 놀이를 유발하며 거기에 관여한 참여자임을 간과해서는 안 된다. 그렇다면 K.는 여기서 대체 무슨 놀이를 하는 것일까? 그것은 로제 카이와가 일링크스라고 부른 도취의 놀이다. 높은 곳에서 떨어지거나 빙글빙글 돌면 현기증을 느끼고 도취 상태에 빠지게 된다. 일링크스는 이처럼 기분 좋은 패닉 상태를 불러일으키는 도취의 놀이를 가리킨다.[32] 위의 서류 배달 장면에서 K.는 심문을 받느라 거의 잠을 자지 못해 비몽사몽인 상태였다. 여관 여주인은 서류 배달을 방해한 K.를 비난하며 그를 여관에서 내쫓으려 하지만, 그는 너무 피곤해 그곳을 떠나지 못한다. 그러자 여관 주인이 아내에게 "그 녀석은 잠에 취했어요. 그가 여기서 충분히 잠에 도취되도록 놓아둡시다"(450)라고 말한다. 이 문장에서는 '도취'

라는 단어가 사용된다. 이는 K.가 복도에서 놀이를 즐기며 일종의 도취 상태에 빠지게 되었음을 암시한다. 평소에는 목적 지향적이고 합리적으로 행동하는 K.가 여기서는 마치 꿈을 꾸는 듯 보이며 무의식적으로 자신의 동물적 생명력을 발산한다. "그가 복도에 있으면서 자신이 속하지 않는 곳에 있다는 느낌을 갖지 않았던가? 하지만 만일 그런 느낌이 들었다면, 그가 어째서 그곳에서 마치 풀밭에 있는 동물처럼 어슬렁거리고 있었겠는가?"(442) 헤렌호프 여관의 복도에서 K.는 마치 풀밭 위의 동물처럼 어슬렁거리며 돌아다닌다. 첫눈에 이 동물 비유는 부정적 의미를 지닌 것처럼 보이지만, 이 순간 그가 자신을 정말 한 마리 동물처럼 느끼며 긍정적 의미에서 동물-되기를 경험하고 있음을 알 수 있다.

소설 마지막 부분에서 헤렌호프 여관의 여주인은 K.와 대화를 나누는데, 이때 그를 어린아이로 지칭한다.

"당신은 정말 바보 같은 짓을 저지르고 무엇으로도 그것을 숨길 수 없는 어린아이 같을 뿐이에요. 그러니까 말해요. 이웃에 무슨 특별한 게 있나요?" "내가 그것을 말하면 당신은 화를 낼 거예요." "아니에요, 나는 그저 웃을 거예요. 그건 어린애의 수다에 지나지 않을 테니까요."(492 이하)

이 구절에서 K.는 여관 여주인을 웃게 만드는 아이처럼
묘사된다. 그 이전까지는 그의 두 조수가 어린아이처럼 행동
하며 그를 웃게 만들려고 했다면, 이제는 그가 이 역할을 맡
고 자신과 조수 사이의 차이를 없앤다. 이는 사실은 K.에게도
조수들처럼 어린애 같은 면이 있으며, 그래서 그가 언제든지
아이로 변신할 수 있음을 의미한다.

서류 배달 장면에서 K.가 아이처럼 빠져든 도취의 놀이
및 이와 연관된 동물-되기는 그가 성의 문을 열고 들어가는
것을 가능하게 한다. 이를 좀 더 쉽게 이해할 수 있도록 『변
신』에 나오는 두 부분을 살펴보도록 하자. 소설 초반에 주인
공 그레고르 잠자는 잠에서 깨어보니 벌레로 변해 있다.

그레고르가 이미 몸을 절반쯤 침대 밖으로 끄집어냈을 때,
누군가가 그를 도우러 와준다면 모든 게 얼마나 쉬워질까
하는 생각이 들었다. 이 새로운 방법은 수고로운 노동보다
는 놀이에 가까웠는데, 그는 계속해서 그저 한 번씩 몸을 그
네처럼 움직이기만 하면 되었다.[33]

이미 아침 일곱 시가 지났지만 그레고르가 일어나지 않
자 가족 전체가 불안해하기 시작한다. 회사에서는 사람을 보
내 그에게 무슨 일이 일어났는지 살펴보게 한다. 모두가 그

레고르에게 방문을 열라고 설득했지만, 문은 굳게 닫혀 있다. 그러자 아버지는 하녀를 시켜 열쇠수리공을 데려오게 한다. 하지만 열쇠수리공은 나타나지 않고 그 대신 그레고르 자신이 문을 연다.

> 모두 한 마음으로 이렇게 자신을 향해 외쳐야 했을 것이다. 아버지와 어머니도. "힘을 내, 그레고르" 하고 그들은 외쳐야 했을 것이다. "계속 그쪽으로, 흔들림 없이 열쇠 구멍[34] 쪽으로 가야 해!" 모두가 자신의 노력을 긴장해서 지켜보고 있다는 생각에 그는 자신이 낼 수 있는 온 힘을 다해 정신없이 열쇠를 꽉 깨물었다. 열쇠가 돌아가기 시작하자 그는 열쇠 구멍 주위를 춤추듯이 빙빙 돌았다.[35]

위의 인용문에서 가능한 한 빨리 자신의 방문을 열어야 한다는 압박에 시달리는 그레고르의 심리 상태를 읽을 수 있다. 그레고르는 불안과 두려움에 사로잡혀 있는 것이다. 하지만 그레고르가 입에 열쇠를 물고 빙빙 도는 장면은 앞에서 말한 도취의 놀이, 즉 일링크스를 연상시키기도 한다. 마치 공중에서 빙빙도는 놀이기구를 탈 때처럼 그러한 움직임은 그레고르에게 현기증을 불러일으키며 도취 상태에 빠지게 한다. 이러한 도취의 놀이가 그레고르를 무의식적으로 기쁘게 하고 있다는 사실은 앞의 인용문에 나오는 '춤추듯이 빙빙 돌다umtanzen'라는 단어에서 암시된다. 성실한 모범사원으로 일했던 그레고르는 의식적인 차원에서는 빨리 방문을 열고 가족과 회사에서 보낸 사람을 안심시키며 출근해야겠다고 생각하지만, 무의식적으로는 회사에 출근하지 않고 아이처럼 이렇게 '정신없이' 놀고 춤추는 것을 즐기고 있는 것이다.[36] 여기서 그레고르가 놀이하는 아이로 변신하여 '(은혈) 자물쇠Schloss'에 열쇠를 꽂고 돌려 결국 방문을 열고 있음에 주목해야 한다.

　　그런데 독일어 단어 'Schloss'는 '자물쇠'라는 의미 말고 '성'이라는 의미도 지니는데, 이와 관련해 『변신』에서처럼 『성』에서도 K.가 그레고르와 유사한 방식으로 자물쇠를 열고 성으로 들어갈 수 있을 것이다. K.는 '자물쇠'를 열기 위해 밖에서 열쇠수리공을 불러올 필요가 없다. 그 대신 그레고르처럼 놀이하는 아이와 동물로 변신하고 도취의 놀이를 통해 신체적 활력을 발산하면 된다. 지금까지 가모장적 (무)질서를 구현하는 성으로 들어가는 것을 가로막은 사람은 합리적으로 생각하고 목적 지향적으로 행동하는 K. 자신이었다. 그 자신이 성이나 법의 문 안으로 들어가는 것을 가로막는, 「법 앞에서Vor dem Gesetz」(1915)에 등장하는 문지기 같은 존재였던 것이다. 따라서 그가 성의 문, 즉 자물쇠를 여는 유일한 방법은 계산적이고 목적 지향적인 이성적인 인간에서 도취 상태에 빠진 아이나 동물로 변신하는 것이다. 이러한 변신을 통해 그는 자신이 굳게 지키고 있던 성문을 열고 그 안으로 들어갈 수 있을 것이다.

3.

동물

×

1) 개

카프카의 작품에는 동물이 주인공이나 서술자로 등장하는 경우가 많다. 「굴」과 「학술원에 드리는 보고」에서는 두더지와 비슷한 동물과 원숭이가 서술자로 등장하고, 『변신』과 「여가수 요제피네 또는 생쥐 종족」에서는 갑충과 생쥐가 주인공으로 등장한다. 이처럼 카프카의 작품에서 동물이 서술자나 주인공으로 등장하는 경우에는 많은 연구자가 이에 관심을 두었지만, 그렇지 않은 경우에는 작품에서 동물이 갖는 의미가 제대로 연구되지 않았다. 하지만 카프카의 작품에서 동물이 직접 등장하지 않더라도 그것과 관련된 언어적 표현을 통해 중요한 의미를 갖는 경우가 종종 있다. 심지어 동물 비유나 동물과 관련된 단어 하나가 작품 해석에 결정적인 영향을 미치기도 한다. 『성』에서도 이러한 맥락에서 동물 모티브가 중요한 의미를 갖는데, 아래에서는 우선 개 모티브를 살펴보도록 하자.

이 소설에서 몇몇 인물들은 개로 비유되곤 한다. 주인공 K.는 계산적이고 합리적인 인물로 등장하지만, 또한 다양한 문맥에서 개와 연결되기도 한다. 브뤼켄호프 여관 여주인은 K.가 자신의 호의적인 충고를 무시하고 반항심에 이를 받아들이지 않는다며 그를 나무란다. 그러면서 그의 고집과 반항적인 태도에 화가 나, 그가 여관을 떠나면 마을 어디에서도 숙소를 구하지 못할 것이며, 심지어 개집조차 발견하지 못할 거라고 말한다. 이러한 말을 통해 이방인 K.는 인간의 지위를 빼앗기며 개의 지위로 전락하고 만다. 이처럼 동물은 우선은 사회적 인정을 박탈당한 인물들이 무가치한 존재로 전락한 것을 가리키는 비유로 사용되며 그들의 절망적 상황을 보여준다. 또 다른 구절에서는 개가 동물적인 욕망을 나타내는 메타포로 사용된다. 카와 프리다가 처음 헤렌호프 여관의 주점에서 만났을 때 테이블 밑에서 부둥켜안고 서로의 몸을 탐닉하는데, 이 장면은 "마치 절망에 빠진 개들이 바닥을 긁고 있는 것처럼"(75) 묘사된다. K.의 조수들 역시 개로 비유되는데, 이는 두 가지 상반된 형태로 나타난다. K.가 조수들을 학교에서 내쫓고 해고할 때, 이들은 닫힌 문 뒤에서 개처럼 낑낑거린다. 하지만 이런 무기력한 개의 이미지와 대조적으로 조수들이 야수적이고 개처럼 음탕한 모습으로 나타나기도 한다. K.가 그들의 손을 "맹수의 앞발"(34)로 지칭할 때, 조수들의 야수성이나 동물적 활력은 더욱 강조된다. 비록 조수인 예레미아스와 아르투어가 K.의 명령에 복종해야 하며 때로는 심지어 굴욕적인 취급을 받기도 하지만, 그들이 또한 들개나 맹수에 비유될 때 K.와 맺고 있는 주종관계를 뒤집을 힘이 그들에게 있음을 알 수 있다.

프리다가 결별의 책임을 K.에게 물을 때 개 모티브는 놀이 모티브와 연결된다. 프리다는 예레미아스의 행동을 그저 무해한 놀이, 즉 장난으로 간주하며 K. 앞에서 그를 옹호한다. "그는 내게 오려고 했어요. 그는 고통을 받았고 나를 애타게 기다리고 있었어요. 하지만 그건 그저 놀이에 지나지 않았어요. 마치 굶주린 개가 감히 식탁 위로 올라가지는 않지만 그러려고 하는 척하는 놀이 같은 거죠."(392) 여기서 동물-되기와 아이의 놀이 간의 연관성이 분명하게 드러나는데, 둘 다 관료적이고 가부장적인 성 관청을 전복시키는 데 기여할 수 있다.

그런데 올가가 K.에게 성에서의 채용 절차에 관해 이야기할 때 관리들의 동물적 특성을 언급하기도 한다. 그녀의 말에 따르면, 원래 성에서는 평판이 좋지 않은 집안의 사람들은 채용에서 배제되지만, 예외가 있다고 한다. 관리들은 대부분의 시간 동안 서류에 파묻혀 지내는 근면한 집단이지만, 그들에게는 이와 상반되는 측면도 있다. 그들은 자신의 의지에 반해 야생동물의 냄새를 맡기 좋아해서 코를 킁킁거리며 그러한 냄새를 쫓는다는 것이다. 그래서 이러한 유혹에 저항하려면 법전을 꽉 붙잡고 있어야만 한다. 그러니까 성 관청의 규칙과 법을 준수하고 그것을 성실히 이행하는 관리들 자신이 사실은 그러한 법을 어기고 그것을 뒤흔들 수 있는 동물적 생명력과 활력을 지니고 있는 것이다. 관리의 이러한 동물적 성향은 킁킁거리며 야생동물의 냄새를 맡는 개의 모습으로 형상화된다. 이처럼 관리들은 아이-되기와 동물-되기를 통해 기존의 법과 그것에 기반을 두고 있는 질서를 근본적으로 뒤흔들 잠재력을 가지고 있다. 성의 관리가 지닌 이런 양면성은 곧 성의 양면성, 즉 가부장적인 권력기관으로서의 성과 그것과 상반되는 가모장적 (무)질서로서의 성이라는 양면성과 연결된다.

이제 K.와 그의 조수들 그리고 프리다가 개 모티브와 관련해 서로 어떤 관계를 맺고 있는지 살펴보자. K.와 그의 조수들은 모두 개로 비유된다. 비록 이들이 여러 가지 점에서 서로 대립하는 것처럼 보이지만, 이 세 명이 하나의 통일체를 이룬다는 점을 간과해서는 안 된다. 소설 초반에 K.도 이 점을 언급한다. "나는 이곳에서 이방인이고 너희들이 내 옛 조수라면 너희들도 이방인이야. 그래서 우리 세 이방인은 서로 뭉쳐야 해."(34) 흥미로운 점은 K.가 성의 관청 직원과의 통화에서 누구냐는 질문에 자신은 측량사의 옛 조수이고 아르투어와 예레미아스는 새로운 조수라고 대답한다는 것이다. 그런데 원래 아르투어와 예레미아스는 K.의 옛 조수이므로 결국 이들 간의 정체성을 구분하기 힘들어지며, 이 세 명이 통일체를 이루게 된다.

게다가 프리다는 K.의 조수들을 자신의 조수로 간주하고, K. 역시 거의 "프리다의 세 번째 조수"(476)처럼 나타난다. 따라서 이렇게 보면 두 조수뿐만 아니라 K. 역시 프리다를 섬기는 조수가 된다. 대체 이들의 이러한 관계는 무엇을 의미할까? 이 질문에 답하려면 이들이 모두 개 메타포와 긴밀히 연결되어 있음에 주목해야 한다.

K.와 두 조수가 개처럼 나타나고 이 세 인물이 통일체를 이루며 서로 구별할 수 없다고 한다면, 이처럼 세 개의 몸통과 머리를 지닌 통일체는 하계의 문지기 개 케르베로스를 연상시킨다. 케르베로스는 "머리가 세 개였고, … 뱀의 꼬리가 달려 있었으며 등에서는 무수히 많은 위협적인 뱀의 머리가 자라났다. 그의 과제는 하데스, 즉 망자의 왕국을 지키며 살

아 있는 자가 이 왕국에 들어오거나 죽은 자가 이곳을 떠나는 것을 막는 것이었다. 반대로 그는 새로 온 사람들에게는 꼬리를 흔들며 반갑게 맞이해주었다."[37] 케르베로스가 뱀의 꼬리와 머리를 가지고 있듯이, K.의 두 조수도 뱀과 닮은 것으로 묘사된다.

심부름꾼 바르나바스가 K.에게 클람의 편지를 전해준 후, K.는 클람을 만나려고 한다. 그래서 그는 바르나바스에게 자신의 메시지를 클람에게 전하라고 지시한다. 이때 K.는 "정신이 나간 듯 말했는데, 그 모습은 마치 그가 클람의 문 앞에 서서 문지기와 대화를 나누는 것 같았다."(193) 이 문장은 『소송』에 나오는 문지기 설화를 연상시킨다. 이 이야기에 등장하는 문지기와 시골에서 온 남자는 첫눈에 서로 대립하는 인물처럼 보인다. 법의 문 안으로 들어가기를 원하는 시골 남자와 그 앞을 막고 있는 문지기는 각각 욕망과 법을 대변한다. 하지만 이 두 인물이 단순히 서로 대립하는 것만은 아니다. 문지기는 시골에서 온 남자에게 그 입구는 오로지 그만을 위한 것이라고 말한다. 이 법의 문은 외부 세계와 연관되기보다는 시골 남자의 내면세계와 연관되며, 따라서 문지기는 여기서 시골에서 온 남자의 욕망을 억압하는 내적인 금지의 기관임을 알 수 있다. 하지만 흥미로운 것은 이 문지기가 단순히 자신의 내면에서 작동하는 억압적인 금지의 법을 대변할 뿐

만 아니라, 동시에 역설적으로 동물적 욕망도 드러낸다는 점
이다. 시골 남자는 문지기의 모피 코트에서 벼룩을 발견한다.
이는 법의 문을 지키는 문지기가 약한 정도로 동물적 속성을
드러내고 있음을 암시한다. 나중에 그가 나이가 들어 귀가 잘
안 들리는 시골 남자에게 '맹수'처럼 고함을 지르는데, 이때
그에게 더 강력한 동물-되기가 일어남을 알 수 있다.[38] 마지
막에 시골 남자는 죽지만, 이러한 죽음은 생물학적인 죽음보
다는 이성적이고 통일적인 정체성을 지닌 자아의 죽음을 의
미한다. 따라서 시골 남자의 죽음과 더불어 그의 통일적인 정
체성이 해체되고, 그의 또 다른 자아를 나타내는 문지기의 동
물-되기가 일어난다. 비록 시골 남자는 죽음을 맞이하며 법
의 문 안으로 들어가지 못하지만, 그를 대신해 그의 또 다른
자아인 문지기가 법 안으로 들어갈 수 있다. 시골 남자가 죽
고 나서 문지기는 법의 문을 닫고 떠나겠다고 말하는데, 이때
그가 어디로 가는지는 밝혀지지 않는다. 그는 법의 문 바깥에
있는 세상으로 갈 수도 있을 것이고, 법의 문 안으로 들어갈
수도 있을 것이다. 과연 그는 어디로 갔을까? 아마도 가부장
적인 법이 행하는 금지를 대변하는 문지기는 자신 속에 숨겨
진 동물적 생명력을 점점 강하게 발산하며 가모장적인 (무)질
서의 법 안으로 들어갔을 것이다.

　　문지기 설화가 들어 있는 『소송』의 마지막 장면을 살펴

보면, 문지기가 맹수 같은 동물로 변신했음은 더욱 분명해진다. 문지기가 시골 남자에게 맹수처럼 소리를 지를 때, 그 맹수는 대체 무엇을 가리킬까? 그것은 그리스 신화에서 하계의 문지기 여신으로 등장하며 이 소설에서는 가모장적 (무)질서를 상징하는 헤카테 여신과 연관된 세 마리 동물 중 하나인 사자를 가리킬 수 있다.[39] 하지만 이 문지기 설화에서 세 문지기가 언급되는 것을 고려하면, 이 맹수는 '3'이라는 숫자와 관련된 하계의 문지기 개 케르베로스를 지시할 수도 있다. 이러한 해석은 『소송』의 마지막 부분을 살펴보면 더욱 설득력을 얻는다. 『소송』의 마지막 부분에서 요제프 K.와 그를 끌고 채석장으로 데려가 죽인 두 형리가 하나의 통일체를 이룬 것 같다는 묘사를 통해 세 개의 머리와 몸통을 지닌 케르베로스가 연상된다. 검은 옷을 입고 K.를 하계로 데려가기 위해 온 두 형리는 다름 아닌 K.의 또 다른 자아다. 이들은 이성적이고 목적 지향적인 K.를 죽이고 다양한 주체성을 실현하며 변신할 새로운 존재를 탄생시킨다. 더욱이 K.가 마지막 죽으면서 한 '개처럼'이라는 말은 그가 죽으면서 개로 변신했음을 암시한다. 그러한 개는 단순히 인간적 지위를 상실한 가치 없는 생명으로서의 개뿐만 아니라, 강렬한 생명력을 지니며 가모장적 (무)질서를 상징하는 헤카테 여신을 섬기는 머리 셋 달린 하계의 문지기 개 케르베로스를 가리킨다.[40]

이러한 맥락으로 보면 『성』에서 클람의 문 앞에 서서 K.와 대화를 나누는 듯한 문지기는 다름 아닌 K. 자신이다. 즉 그는 K.의 또 다른 자아 내지 도플갱어인 것이다. K.는 클람을 만나고 성에 들어가려는 강한 의지를 지닌다. 그런데 합리적이고 계산적인 인간인 그가 도달하고자 하는 성은 그를 처벌하거나 용서할 수 있는 가부장적 질서로서의 성이다. 하지만 이러한 성에 도달하려는 시도는 실패로 돌아가고 만다.

그런데 이러한 가부장적인 질서를 구현하는 성 외에 가모장적인 (무)질서를 구현하는 성이 있다. 가모장적 (무)질서 속에서 K.는 합리적이고 목적 지향적인 인간에서 벗어나 자신의 숨겨진 동물적 생명력을 발산하며 다양한 주체로 변신할 수 있다. 그런데 그러한 가모장적인 법, 즉 가모장적 (무)질서의 문으로 들어가는 것을 가로막는 것은 다름 아닌 목적 지향적이고 합리적인 정신을 지닌 K. 자신이다. 따라서 그가 가모장적 (무)질서의 문 안으로 들어가려면, 그 앞을 지키는 문지기가 맹수처럼 사납고 동물적 생명력으로 넘치는 머리 셋 달린 개인 케르베로스로 변신해야 한다. 다시 말해 K.는 자신에게 잠재해 있는 조수들의 특성을 획득하여, 자신과 외관상 대비되는 장난기 넘치고 야수적인 본성을 지닌 조수들로 변신해야 한다. 이로써 그는 머리 셋 달린 케르베로스가 되는 것이다.

“로마인들의 제의에서 개는 희생제물로 바쳐졌다. … 하계의 여신인 헤카테에게도 개를 희생제물로 바쳤다.”[41] K.와 그의 두 조수가 프리다와 긴밀한 관계를 맺고 있고 이들이 실제로는 프리다의 조수이자 머리 셋 달린 문지기 개로 그녀를 위해 일해야 한다고 한다면, 프리다는 다름 아닌 하계의 여신 헤카테로 간주될 수 있다. 이러한 해석은 프리다가 나가고 나서 주점 여급으로 일하게 된 페피를 통해서도 입증된다. 페피는 프리다를 자신의 경쟁자로 생각하고 그녀를 시기하지만, 사실 더 높은 차원에서 이들은 서로 긴밀히 연결된다. 페피는 K.에게 그가 다시 일자리와 숙소를 구할 때까지 자신 및 자신의 친구들과 함께 지내자고 제안한다. 그러면서 여관주인에게 발각될까 봐 두려워할 필요가 전혀 없는데, “왜냐하면 누구도 당신에 대해 알지 못할 거니까요. 단지 우리 세 사람만 알고 있을 거예요”(486)라고 말한다. 그 밖에도 페피는 자신과 자신의 친구인 에밀리에와 헨리에테 사이의 돈독한 관계를 강조하며 ‘우리 셋이’라는 말을 반복한다. 이러한 말에서 이세 사람의 긴밀한 관계를 짐작할 수 있다. 그런데 헤카테 역시 세 명의 젊은 여성이 서로 등을 맞대고 서 있는 형태의 여신이다. 이러한 모습은 세 개의 몸통과 머리를 지닌 케르베로스를 연상시키기도 하며, 심지어 이들이 때로는 동일시되기도 한다. 또한 문지기 개 케르베로스처럼 헤카테 여신은 지하

세계의 문지기로서 이승에서 저승으로 가거나 저승에서 이승으로 가는 출입 문제를 결정한다.[42] 이러한 연관 속에서 페피가 K.에게 작은 쪽문의 출입을 허용하는 것이 눈에 띈다.

K.가 여관 안뜰의 구조를 잘 알고 있어서 전혀 어려움은 없었다. 안뜰의 대문은 옆 골목으로 이어졌고, 대문 옆에는 작은 쪽문이 있었는데, 그 쪽문 뒤에서 페피가 한 시간쯤 후에서서 K.가 세 번 노크하면 문을 열어주겠다고 했다.(491)

페피는 친구인 헨리에테 및 에밀리에와 하나가 되어 세 개의 몸통과 머리를 지닌 존재가 된다는 점뿐만 아니라, 여기서 일종의 문지기로서 문 안으로 들어오는 것을 허락할 권력을 지닌 존재라는 점에서도 헤카테 여신과 비슷하다. 더욱이 페피와 다른 두 여성이 머물고 있는 곳이 건물 지하에 있는 어두운 방일 때, 이는 헤카테 여신의 영역인 하계를 떠오르게 한다. 나아가 궁지에 몰린 K.를 도와주려는 그녀의 태도 역시 유사한 특성을 지닌 헤카테 여신과 닮았다.[43]

『성』에는 헤카테 여신뿐만 아니라 아르테미스 여신에 대한 암시도 나온다. 특히 이 소설에서 자주 등장하는 '사냥하다jagen'라는 단어는 사냥꾼 악타이온에 관한 신화와 긴밀히 연결되어 있다. K.는 조수들이 자기 곁에 있는 것을 참을 수 없어 그들을 몰아내려 한다. 예레미아스는 K.의 이러한 '몰이사냥'에 대해 불평한다. "당신이 오후에 저를 얼마나 눈 속으로 이리저리 몰아대던지 한 시간이 지나서야 이런 몰이사냥으로 인한 피로에서 회복될 수 있었어요."(368) 또한 페피는 K.가 프리다의 본성을 좀 더 일찍 꿰뚫어보았다면, 그녀를 "더러운 조수 무리와 함께 집에서 내쫓을 수"(477) 있었을 것이라고 말한다. 이 문장에서 '내쫓다'라는 말로 'jagen'이라는 단어가 사용되는데, 이 단어는 '사냥하다'라는 의미도 지닌다. 이처럼 이 소설에서 카프카는 사냥꾼으로서의 K.의 역할을 강조하기 위해 여러 차례 '사냥하다'라는 동사를 사용한다. 물론 실제 문장에서는 대부분 '내쫓다'라는 의미로 사용되고 있지만, 그 뒤에 숨겨진 '사냥'의 의미를 간과해서는 안 될 것이다.

그런데 이러한 사냥꾼과 사냥감의 역할이 뒤바뀔 수도 있다. 이번에는 프리다가 여자 사냥꾼으로 등장하고 K.가 사냥감이 된다. "갑자기 지금도 여전히 그녀를 사랑하면서도 늘 그녀를 추적하는 K.를 쫓아내는 사람은 그녀다."(478) 여기서 '쫓아내다'라는 의미의 독일어 동사 'fortjagen'에는 '사냥하다 jagen'라는 동사가 들어 있다. 이는 프리다가 마침내 사냥꾼이 되어 K.를 사냥하게 되었음을 암시한다.

그리스 신화에 따르면 사냥꾼 악타이온은 사냥하다가

우연히 연못에서 목욕하는 아르테미스 여신을 본다. 처녀 신인 아르테미스는 수치심과 분노에 사로잡혀, 악타이온을 사슴으로 변하게 한 뒤 자신의 사냥개들을 보내 그를 갈기갈기 찢어 죽인다. 유사한 운명이 K.에게 덮친다. K.는 사냥꾼에서 사냥감으로 변하면서 죽음에 직면한다. 물론 미완성인 이 소설에서 K.의 죽음이 일어나지는 않지만, 막스 브로트에 따르면 소설 마지막에 K.가 죽는 순간 성으로부터 체류 허가를 받는다.[44] 그런데 이러한 사형 선고를 내리는 동시에 구원해주는 사람은 다름 아닌 아르테미스 여신인데, 그녀는 헤카테 여신과 동일시되기도 했으며 근원적으로는 '위대한 어머니Magna Mater'로 거슬러 올라가며 가모장적 질서를 대변한다.[45] 따라서 예고된 주인공 K.의 죽음은 곧 가부장적 질서에 대한 가모장적 (무)질서의 승리를 의미한다.

K.의 예고된 죽음은 결코 그의 탈출구 없는 절망적 상황만 가리키지 않는다. 오히려 그러한 죽음 뒤에 K.의 새로운 탄생을 의미할 수 있는 변신이 일어날 것이다. 이와 관련해 헤카테 여신이 인간의 출생과 변신을 돕는 여신이라는 점에 주목해야 할 것이다. 합리적인 인간으로서 K.가 지닌 단일한 정체성이 해체되고 나서, 그는 아이와 동물로 변신한다. 즉 그의 아이-되기와 동물-되기가 이루어지는 것이다. 이런 맥락에서 이 소설에 신화적 배경하에 등장하는 가모장적 질서는

사실 여성이 지배하고 권력을 쥐는 태고의 사회 형태를 가리키는 것이 아니다. 오히려 그것은 현대적으로 재해석되어 자아의 죽음 및 그에 따른 새로운 탄생과 변신을 통해 남자와 여자, 인간과 동물의 경계를 넘어서게 하는 가모장적 (무)질서를 가리킨다.

2) 양

성의 관리는 마을 여성을 자신의 성적인 욕구를 만족시킬 수 있는 노리개로 취급한다. 소르티니 역시 심부름꾼을 시켜 아말리아에게 모욕적인 편지를 전달해 자신이 머무는 여관으로 오라고 지시한다. 이러한 면에서 클람은 소르티니에게 절대 뒤처지지 않는다. 올가는 K.에게 클람이 여성에 대한 상스러운 행동으로 악명이 높다고 말한다.

하지만 클람에게 정말 이런 부정적 측면만 있을까? 이를 판단하기 위해서는 클람과 K.의 관계를 살펴보아야 하는데, 우선 이들의 이름에서 출발해보자. 이 소설 주인공의 성은 K.이고 이름은 알려지지 않는다. 여기서 K 뒤에 오는 온점(.)은 성의 뒷부분이 생략되어 있음을 보여준다. 한국에서 '김 Kim'이라는 성을 K라는 머리글자로 부른다면, 독일어에서는 'K.'로 표시하는 것이다. 일반적으로 성의 일부분이 생략되었

음을 표시하는 독일어 'K.'는 한글 텍스트에서는 'K'로 번역하
는 것이 맞을 것이다. 우리말에서는 성의 머리글자만 써도 뒷
부분이 생략되어 있음을 알 수 있기 때문이다. 하지만 카프카
의 소설에서는 K 뒤에 나오는 온점이 단순히 생략만을 표시
하는 것이 아니라 절단을 표시하기도 하며, 온전한 성을 허용
하지 않음으로써 주인공 K에게 가해지는 사회적 폭력의 흔적
을 나타내므로 어색하게 보이더라도 같이 표기해야 한다.

　　그렇다면 'K.'에서 생략된 부분은 무엇일까? 지금까지 많
은 연구자가 클람과 K.의 이름이 무엇을 의미하는지를 연구
했다. 이에 따르면 라틴어로 'clam'이 '비밀스러운'이라는 의
미를 지니기 때문에 이 이름이 클람의 은밀하고 비밀스러운
측면을 가리킨다는 해석도 있고,[46] 'klam'이 체코어로 '속임수'
내지 '사기'를 의미한다며 이를 클람의 사기꾼적인 특성과 연
결하는 해석도 있다.[47] 그런데 클람이 K.의 도플갱어 같은 존
재라면, 클람의 이러한 특성은 동시에 K.의 특성이 될 수 있
다. 또한 K.의 이름과 관련해서는 페미니즘적인 시각에서 그
뒤에 생략된 부분이 거세된 K.를 나타내며 그래서 그 이름은
거세된, 즉 여성적 이름이라는 해석이 있다.[48]

　　하지만 이러한 연구들은 클람과 K.라는 두 성 사이의 연
관성을 제대로 파악하지 못할 뿐만 아니라, K.라는 성에 담긴
중요한 두 가지 측면을 간과한다. 먼저 인정 담론과 관련해

살펴보았던 것처럼, 자신의 성으로 불리지 않는다는 것은 사회적 인정을 받지 못하고 있음을 의미한다. 그래서 마을 사람들은 바르나바스 가족을 이름으로만 부를 뿐 성으로 부르지 않는다. 이방인인 K. 역시 사회적 인정을 받지 못하기 때문에 제대로 된 성으로 불리지 못한다. 하지만 이것만으로는 K.라는 성에 담긴 함의가 충분히 설명되지 못한다. 그렇다면 K.라는 성에 생략된 부분은 무엇이며 그것은 어떤 의미를 지니는 것일까? 이는 K.와 Klamm이라는 독일어 성을 서로 비교해보면 드러난다. Klamm이라는 성은 K와 Lamm이라는 단어로 이루어져 있다. 따라서 Klamm에는 K가 들어 있다. 또한 Lamm이 우리말로 '어린 양'을 의미하기 때문에 Klamm이라는 이름에는 '동물'과 '아이'의 의미가 담겨 있다.

반대로 'K.'라는 독일어 성에서 생략된 보이지 않는 부분은 Lamm이다. 이는 합리적이고 계산적인 인간인 K.가 자신 속에 동물적인 생명력과 어린애 같은 속성을 내포하고 있으며 그에게 내재한 잠재력이 실현되면 언제든지 동물이나 아이로 변신할 수 있음을 의미한다. 이러한 변신을 통해 K.는 Klamm이 될 수 있다. 실제로 이 소설에서 K.가 어린 양으로 변신하는, 즉 동물-되기가 일어나는 구절이 있다. 앞에서 하인들이 관리들에게 서류를 배달하는 과정에서 K.가 놀이하는 아이로 변신했음을 언급한 바 있다. 또한 그가 헤렌호프 여관

복도에서 "풀밭 위의 동물처럼"(442 이하) 어슬렁거릴 때, 이 동물은 어린 양임을 짐작할 수 있다.

양 모티브의 중요성을 강조하는 또 다른 구절이 있다. 프리다가 클람의 하인들을 마구간으로 내쫓을 때, "그녀는 구석에서 채찍을 집어 들고는 마치 작은 어린 양처럼 한번 높지만 불안하게 폴짝 뛰며 춤추는 하인들에게로 다가갔다."(66) 앞에서 프리다는 이 소설에서 은밀히 가모장적 (무)질서를 대변하는 헤카테 여신으로 나타난다고 이야기한 바 있다. 그렇다면 이러한 사실이 프리다가 작은 어린 양처럼 묘사되는 것과 무슨 연관이 있을까? 여기서 주목할 것은 개와 (어린) 양이 헤카테 여신에게 희생제물로 바쳐졌다는 사실이다.[49] 따라서 프리다와 작은 어린 양의 연결고리는 헤카테 신화에서 찾을 수 있으며, K.가 양으로 변신한 것도 가모장적 (무)질서와의 연관 속에서 이해할 수 있다.

클람의 심부름꾼인 바르나바스 역시 작은 어린 양에 비유되며 클람과의 긴밀한 연관성을 드러낸다. 올가는 아말리아가 소르티니의 부름을 거절한 이야기를 K.에게 들려주면서 "그 당시에 바르나바스가 한 마리 작은 새끼 양처럼 어렸다"(318)라고 말한다.

이러한 어린 양의 비유에는 숨겨진 의미가 있다. 클람의 심부름꾼인 바르나바스는 마찬가지로 제우스의 명령을 전달하는 신들의 사자使者인 헤르메스와 관련이 있다. 이 소설에서 여관 여주인은 클람을 독수리에 비유하는데, 그 때문에 클람은 독수리로 상징되는 제우스를, 그의 심부름꾼인 바르나바스는 헤르메스를 지시하게 된다. 더욱이 K.는 쏜살같이 걸어가는 바르나바스에게 마치 날아가는 것 같다고 말하기도 하는데, 이는 인간에게 제우스의 명령을 빨리 전달하기 위해 날개 달린 신발을 신고 날아다니는 헤르메스 신을 연상시킨다. 또한 헤르메스는 망자의 영혼을 하계로 데려가는 역할을 하기도 한다.[50] 이로부터 바르나바스가 K.를 망자의 세계, 즉 하계로 데려갈 것이라고 추론할 수 있다. K.의 죽음은 이미 소설 초반에 성의 하급 집사 아들인 '슈바르처Schwarzer'가 그를 잠에서 깨울 때 암시된다. 이름 속에 '검은schwarz'이라는 의미가 들어 있는 슈바르처라는 인물은 K.를 죽음의 세계로 데려가는 일종의 저승사자다. 『소송』의 시작 부분에서도 검은 옷을 입은 남자가 침대에 누워 있는 요제프 K.를 체포하는데, 그 역시 K.를 죽음으로 인도하는 역할을 한다. 헤르메스와 바르나바스 사이에 나타나는 이러한 일련의 공통점들은 바르나바스가 현실적인 차원을 넘어서며 신화적 차원에서 그리스 신 헤르메스와 연관된다는 것을 보여준다. 그런데 제우스와 헤르메스는 가부장적 질서를 대변하는 신들이다. 따라서 제우스 및 헤르메스와 비교되는 클람과 그의 심부름꾼 바르나바스 역시 가부장적 질서를 대변하는 인물로 간주할 수 있다.

성의 연락비서인 뷔르겔 역시 제우스와 인간 사이를 연결하는 헤르메스 신과 비교될 수 있다. 헤렌호프 여관에서 K.는 자신을 소환한 비서 에어랑어를 만나려고 한다. 하지만 그는 실수로 뷔르겔의 방으로 들어간다. 뷔르겔은 K.를 친절히 대하며 그를 도와주기 위해 성의 관리들에 대한 중요한 정보를 제공하지만, K.는 너무 피곤한 나머지 그대로 잠이 들어 성에 접근할 소중한 기회를 놓치고 만다. 이 때문에 K.가 성으로 들어갈 수 없게 되었다는 해석도 있지만, 사실은 정반대다. K.는 꿈에서 "한 그리스 신의 입상"(415)과 비슷해 보이는 어떤 비서와 싸워 승리를 거둔다.

그것이 대체 싸움이기는 했던가? 제대로 된 저항은 없었고, 단지 비서가 이따금 새처럼 높고 새된 소리를 낼 뿐이었다. 이 그리스 신은 간지럼을 태운 소녀처럼 새된 소리를 냈다. 그리고 그는 마침내 가버렸다. … 하지만 유리 조각에 찔리는 바람에 움찔하며 다시 눈을 떴는데 억지로 잠을 깨운 어린아이처럼 기분이 좋지 않았다. 그런데도 꿈결에 뷔르겔의 맨가슴을 보자 그에게는 이런 생각이 스쳐 지나갔다. "여기 너의 그리스 신이 있어! 그를 깃털 이불 속에서 끌어내!"(416)

K.의 꿈속에 나타난 그리스 신은 다름 아닌 헤르메스다. '깃털' 이불 속에 누워 있는 그리스 신은 날개 달린 헤르메스 신을 연상시킨다. 이 신은 연락비서인 뷔르겔로 밝혀지는데, 뷔르겔 역시 새처럼 새된 소리를 내며 '날개 달린' 헤르메스와 연결된다. 꿈에서 K.는 그리스 신인 헤르메스를 제압함으로써 가부장적인 질서를 가모장적인 (무)질서로 바꿔놓는다. 또한 앞의 인용문에서 그리스 신은 소녀처럼 새된 소리를 내는데, 이를 통해 가부장적인 신의 여성-되기와 새-되기가 이루어진다. 그 밖에도 K.는 자신을 막 잠에서 깨어난 어린애처럼 느끼기도 한다. 즉 그는 아이-되기를 경험하는 것이다. 이러한 변신은 인간과 동물, 남자와 여자, 어른과 아이의 경계를 넘어서는 것을 의미하는데, 이를 통해 이분법적인 구분에 기반을 둔 가부장적 질서가 파괴된다. 그러니까 K.는 잠이 드는 바람에 뷔르겔의 이야기를 제대로 듣지 못했지만, 오히려 그러한 꿈결에 다양한 경계를 넘나들며 가모장적 (무)질서로 진입하는 것이다.

그런데 헤르메스 신은 단순히 그리스 신화의 가부장적인 질서에만 속해 있지 않다. 그는 또한 헤카테 여신과도 밀접하게 연관된다. 두 신은 "지상계와 하계 사이를 연결하는, 망자의 지배자이자 영혼의 안내자"[51]라는 공통점을 지닌다. 또한 초승달이 비칠 때 이 신들에 대한 숭배 의식이 거행된다.[52] 앞의 인용문에 나타난 그리스 신 헤르메스의 여성-되기와 새-되기는 무엇보다 그리스 신 헤르메스가 이집트의 신 토트와 합쳐져 생겨난 합성적인 신 헤르메스 트리스메기스토스Hermes Trismegistos와 관련이 있다. 달과 주술의 신으로 따오기의 머리 모양을 지닌 남성 신 토트는 여성과 동물의 특성을 내포한다.[53] 헤르메스 트리스메기스토스는 헤르메스와 헤카테를 서로 더 가깝게 붙여놓는데, 그 이유는 "달은 양성적인 신으로서 헤르메스와 헤카테를 자신 속에서 결합시키는 양성적 존재로 나타나기 때문이다. 그들의 이름은 또한 호명할 때 한곳에 모인다. '헤르메스, 헤카테, 헤르메스, 헤름헤카테'.[54] 헤르메스의 양성적 속성은 나중에 중세와 근대 초기의 연금술 문헌 속에서도 빈번히 등장하는 모티브이기도 하다."[55]

앞에서 헤르메스와 연결되어 가부장적인 질서의 일원으로 간주된 바르나바스는 이제 '헤름헤카테'로서 그와 상반되는 가모장적 (무)질서와 연결된다. 바르나바스는 자신의 가족이 다시 사회적으로 인정받기 위해 K.의 도움이 필요하고 그래서 K.와 관련된 일을 자기 일처럼 여기지만, 그가 완전히 K.에게 예속된 것은 아니다. 왜냐하면 바르나바스가 K.의 말을 클람에게 전달하지 않은 것에 K.가 화를 내자 바르나바스는 겉으로는 화내지 말라며 용서를 구하는 듯한 태도를 보이지만, "자신도 모르게 K.를 벌하려는 듯이 그에게서 자신의 시선을 거두기"(190) 때문이다. 이는 바르나바스가 의식적으로는 K.를 기꺼이 도우려는 마음을 가지고 있지만, 무의식적으로는 성에 도달하려는 K.의 목적 지향적 태도에 반대하고 있음을 암시한다. 이로부터 바르나바스가 심층적으로는 가모장적 (무)질서의 세계에 속해 있음을 추론할 수 있다.

바르나바스와 가모장적 (무)질서 간의 연관성은 그가 어린 양에 비유되었다는 데서도 드러난다. 어린 양은 헤카테 여신에게 바치는 희생제물이기 때문이다. 또한 바르나바스의 양성적 특성은 헤르메스와 헤카테를 자신 속에 합일하며 '헤름헤카테'로 불리는 양성적인 신 헤르메스 트리스메기스토스와 연결된다. K.가 바르나바스를 처음 보았을 때 그에게서 남성적인 면을 느끼면서도 "말할 때 그의 입술이 부드럽게 열렸다가 닫히는"(39) 모습에 여성적인 면을 느끼기도 한다. 다시 말해 바르나바스는 남녀의 경계를 넘어서는 양성적인 면모를 갖는다. 이 소설에서는 이성애적 규범이 비판되고 동성애적인 관계가 암시되곤 한다.[56] 그래서 K.가 눈 속을 걸어갈 때 바르나바스와 팔짱을 끼는가 하면, 올가가 아말리아의 입술에 키스하기도 한다. 이처럼 바르나바스는 이분법적인 성 정체성과 이성애적인 규범을 극복하고 그 경계 지역 내에서 움직임으로써 문턱과 이행의 여신인 헤카테와 연결된다.

아말리아 사건과 관련해 올가는 K.에게 3년 전에 마을에서 열린 소방 축제에 관해 이야기한다. 성은 소방 축제를 위해 '소방차'를 선물한다. 불을 끄기 위해 호스로 물을 뿌려대는 소방차는 남성의 성기를 연상시킨다. 따라서 바르나바스의 아버지가 이 소방차에 열광하는 것은 그가 곧 가부장적 질서를 숭배하고 있음을 암시한다.[57] 아버지는 자신의 가족에게 소방차 밑으로 기어들어갈 것을 강요하는데, 바르나바스는 이를 거부했다가 아버지에게 두들겨 맞기도 한다. 여기서 바르나바스가 가부장적 질서에 저항하며 가모장적 (무)질서와의 연관성을 보여주고 있음을 알 수 있다.

3) 말

카프카의 작품에서 말과 마부는 중요한 모티브로 등장한다. 그의 또 다른 장편소설 『실종자』의 주인공 이름은 '로스만Roßmann'인데, 이 이름을 그대로 번역하면 '말인간'이다. 또한 그의 단편소설 「시골 의사」에서도 돼지우리에서 갑자기 마부와 말들이 나타나며, 시골 의사는 이 말들이 끄는 마차에 이끌려 한순간에 젊은 환자의 집에 도착한다. 이 밖에도 「낡은 책장Ein altes Blatt」(1920)에서도 북방의 유목민이 사나운 말을 타고 수도에 침입해 그곳에 사는 정주민들을 짓밟는다.

카프카는 2022년 1월 27일 주치의인 오토 헤르만 박사와 함께 슈핀델뮐레로 요양차 여행을 떠난다. 그곳에 도착한 날 쓴 일기에서 카프카는 자신의 서투름 때문에 일어난 몇 가지 불운에 대해 언급한 후, 새로운 힘을 발휘해야만 이로부터 벗어날 수 있다고 말한다. 그러면서 절망에 빠진 사람도 인정해야 할 놀라운 일들이 일어나기도 한다며, "경험에 따르면 무로부터 무언가가 나오기도 하고, 무너진 돼지우리에서 마부가 말을 데리고 기어 나올 수도 있다"[58]라고 쓴다. 「시골 의사」의 초반에 나오는 이 장면을 『성』을 본격적으로 구상하기 시작한 시기에 언급한 것이 매우 흥미롭다. 이는 이 소설에서 마부와 말 모티브가 중요한 의미를 지님을 암시한다.

『성』에서는 말보다 마부가 빈번히 등장한다. 소설 초반에 K.가 마을에 있는 라제만의 집에서 나와 어떻게 브뤼켄호프 여관으로 돌아가야 할지 고민할 때, 마부인 게르슈테커가 나타나서 그를 그곳까지 데려다준다. 눈이 수북이 쌓인 길을 어떻게 헤치고 가야할지 고민하는 K.에게, 마치 「시골 의사」에서 마부와 마차가 갑자기 나타난 것처럼, 마부인 게르슈테커가 말이 끄는 썰매를 가지고 나타난 것이다. 더욱이 어디인지 정확히 알 수 없는 곳에서 종소리가 크게 울리는데, 이는 「시골 의사」에서 의사가 잘못 울린 종소리에 깨어 마차를 타고 환자의 집으로 간 것과 유사하다. K.는 우선은 성으로 가자고 하지만, 게르슈테커가 그렇다면 갈 수 없다고 해서 여관으로 돌아가기로 한다. 종소리가 크게 울렸을 때, K.는 한순간이나마 막연히 동경해왔던 어떤 것이 곧 실현될 것 같은 생각에 심장이 떨린다. 하지만 이내 큰 종소리는 멈추고 약하고 단조로운 작은 종소리로 대체된다. 이로써 K.가 무의식적으로 소망했던 것이 한순간 일깨워졌지만 당장 실현될 수는 없으리라는 것이 암시된다.

이처럼 동경하던 것이 실현될 수 없다는 것은 '작은' 썰매를 끌고 가는 작고 병약해 보이는 마부의 모습에서도 암시된다. 그는 나이가 들지는 않았지만 약해 보였고, 몸도 구부정한 데다가 다리까지 전다. 그는 자주 심한 기침을 하는 것으로 묘사되는데, 이는 그가 폐가 좋지 않음을 암시한다. 카프카 자신이 폐결핵에 시달렸다는 사실을 생각하면, 폐가 좋지 않은 듯 보이는 게르슈테커가 이 소설에서 결코 무시할 수 없는 중요한 인물임을 짐작할 수 있다. 그런데 그의 외모 묘사에서 눈에 띄는 것은 그가 다리를 전다는 사실이다. 소설 마지막 부분에서 클람의 제1비서인 에어랑어는 게르슈테커와 K.를 모두 소환하는데, 흥미로운 것은 에어랑어 역시 다리를 전다는 것이다. 다리를 전다는 것은 기독교에서는 악마의 특성과 연관된다. 악마는 원래 천사였지만 죄를 지어 천국에서 지옥으로 떨어진다. 이로 인해 그의 다리가 마비되었으며,

이것이 그가 다리를 저는 이유로 설명된다. 하지만 또 다른 설명도 가능하다. 악마는 신성을 지니기 때문에 인간 앞에 원래의 모습으로 나타날 수 없다. 그래서 그는 인간으로 변신하곤 하지만 자신의 특성을 완전히 버리지는 못한다. 그 때문에 그의 한쪽 다리는 인간의 다리지만, 다른 한쪽 다리에는 말발굽이 달린 것이다. 이것이 악마가 절룩거리며 걷는 이유다. 또한 말발굽은 악마가 기독교에서 멸시받는 동물적 속성과 연관이 있음을 의미하기도 한다. 그러한 이유에서 악마나 악마를 섬기는 마녀가 동물로 변신하는 것이다.

마부 게르슈테커가 다리를 저는 것은 그가 말발굽이 달린 말과 같은 인간이라는 의미로 해석될 수 있다. 「시골 의사」에서 마부는 말들을 형제자매라고 부른다. 또한 『실종자』의 주인공인 로스만도 말인간이다. 그렇다면 마부인 게르슈테커 역시 반은 인간이고 반은 말인 '말인간'인 셈이다. 물론 그는 병약한 상태로 「시골 의사」의 마부처럼 강력한 힘을 보여주지는 못하지만, 잠재적으로는 '말인간'으로서 동물적 생명력을 지닌다. 또한 소설 마지막에 헤렌호프 여관에서 클람의 비서인 에어랑어가 게르슈테커를 부른 것도 의미심장하다. 다리를 절룩거리는 에어랑어도 게르슈테커처럼 말발굽을 지니고 있다고 추론할 수 있기 때문이다. 비서인 에어랑어는 서류에 파묻혀 사는 성의 관리로서 동물적인 특성과는 무관한 것처럼 보이지만, 성의 관리들이 때로는 법을 어기고 동물적인 속성을 발산하려는 강렬한 욕망을 지니는 것처럼 그에게도 이러한 욕망이 숨겨져 있다고 할 수 있을 것이다.

또한 에어랑어가 마부 게르슈테커와 K.를 동시에 소환했다는 것도 의미심장하다. 헤렌호프 여관에서 게르슈테커는 K.를 만나 학교 관리인 일을 그만두고 자신의 집에서 묵으며 말을 돌보는 조수로 일할 것을 제안한다. 이에 K.는 자신은 말에 대해 전혀 아는 바가 없다고 하지만, 게르슈테커는 이에 개의치 않고 그를 자신의 집으로 데려간다. K.는 게르슈테커가 자신을 데려가는 이유가 자신의 도움으로 에어랑어에게서 무언가를 관철하려 하기 때문이라고 말하고, 게르슈테커도 다른 이유가 뭐가 있겠냐며 이를 부인하지 않는다. 하지만 언뜻 게르슈테커의 이익을 위해 K.를 이용하겠다는 뜻으로 해석될 수 있는 이러한 말이 전혀 다르게 해석될 수도 있다. K.가 마부가 된다는 것은 곧 그 역시 어떤 의미에서는 '말 인간'이 된다는 의미이며, 이를 통해 계산적이고 목적 지향적인 이성적 인간을 극복할 수 있기 때문이다.

말과 마부가 등장하는 「시골 의사」에서 시골 의사의 숨겨진 또 다른 자아로 건장한 마부와 병약한 젊은이가 등장한다. 그런데 마부 게르슈테커는 병약한 인물로서 마부와 환자라는 두 인물을 자신 속에서 결합한다. 더욱이 K.가 어린 한스의 어머니인 브룬스비크 부인의 병을 고치기 위해 그녀와 만나겠다고 나서며 '의사'처럼 행동할 때, 그런 K.에게 숨겨진 또 다른 자아는 바로 '마부' 게르슈테커다.

소설 마지막에 여관 여주인은 K.와 이야기를 나누면서 그에게 "당신은 바보든가 어린애든가 아니면 아주 못된 위험한 사람이에요"(494)라고 말한다. 이처럼 K.가 몹시 나쁜 위험한 사람으로 지칭될 때, 그에게 악마의 속성이 부여된다. 실제로 카프카의 소설 「선고」에서 게오르크 벤데만의 아버지는 아들에게 익사형을 선고하기 전에 "너는 본래 순수한 아이였지, 하지만 더 근본적으로는 악마 같은 인간이었어!"[59]라고 말하며, 게오르크의 악마적 본성을 지적한다. 앞에서 헤렌호프 여관 여주인이 K.를 어린애이자 위험하고 사악한 남자로 규정한 것처럼, 게오르크의 아버지도 이와 비슷한 말을 한다. 따라서 여관 여주인이 말한 사악하고 위험한 K.는 곧 악마 같은 인간을 의미할 수 있다. 만일 K.가 '악마 같은 인간'이라면, 그 역시 인간의 다리 외에 말발굽이 달린 악마의 다리를 가지고 있을 것이다. 더욱이 그가 게르슈테커의 제안을 받아들여 정말 마부가 된다면, 자신에게 잠재한 동물적 속성을 발산하며 '말인간'으로 변신할 수 있을 것이다.

『성』에 등장하는 마부가 K.의 또 다른 자아이자 긍정적인 인물로 간주될 수 있다는 점은 카프카가 이 작품을 집필하던 시기에 쓴 일기에서도 암시된다. "아무것도 하지 않았고 단지 피곤할 뿐이다. 매일 밤을 나의 오늘 밤처럼, 아니 더 아름답게 체험한 마부의 행복. 인간은 아침보다 밤에 더 순수하다. 피곤해서 막 잠이 들기 직전의 시간이 순수한 유령들의 진정한 시간이다. 모든 유령은 추방되었다가 밤이 시작돼서야 다시 가까이 다가온다. 아침이 되면 알아볼 수는 없지만, 그들은 모두 와 있다. 그리고 건강한 사람들에게서는 또다시 그들의 일상적인 추방이 시작된다."[60] 카프카는 피곤하지만 자신이 맛본 저녁의 행복을 마부의 행복에 비유한다. 아니 마부는 자신이 경험한 저녁보다 더 아름다운 저녁을 보내는 것으로 언급된다. 또한 피곤해서 막 잠이 들기 직전의 순간에 낮에는 추방되었던 유령이 나타난다. 여기서 유령은 의식이 깨어 있는 상태에서 일상적인 생활을 하던 낮에는 억눌려 있다가 밤이 되어 깨어나기 시작한 무의식을 나타낸다. 존재하는 것도 아니고 그렇다고 부재하는 것도 아닌 유령이 일종의 흔적의 지위를 지니듯이, 무의식 역시 포착할 수 없지만 부재하지는 않는 흔적과 같은 것이다. 이러한 유령은 또한 앞에서 언급한 마부와 연결될 수도 있다. 왜냐하면 「시골 의사」에서 한밤중에 갑자기 돼지우리에서 말과 함께 기어 나온 마부가 시골 의사의 또 다른 숨겨진 자아로서 그의 무의식을 나타내듯이, 이 일기에서도 마부는 추방되었다가 밤에 다시 나타난 유령과 같은 존재로서 카프카 자신의 무의식을 나타내기 때문이다. 따라서 이 일기를 통해 카프카가 마부를 무의식과 연결하며 긍정적인 의미를 부여하고 있음을 알 수 있다. 그 때문에 『성』에 등장하는 마부를 단순히 올가를 성추행하는 부정적인 인물로만 보는 것은 문제가 있다.

마부와 말이 긴밀하게 연관되어 있음은 클람의 하인들을 통해서도 드러난다. K.가 올가를 따라서 헤렌호프 여관에 처음 갔을 때 그곳에서 클람의 하인들을 본다. 이들은 올가를 붙잡고 춤을 추며 놓아주지 않는다. 프리다는 K.에게 이들을 비열하고 경멸스러운 존재들이라며, "이들은 항상 클람이 도착하기 한 시간 전에 이미 말이 마구간으로 들어오듯이 여관으로 들이닥친답니다"(65)라고 말한다. 이 문장에서 헤렌호프 여관에 들이닥치는 클람의 하인들은 마구간에 들어가는 말에 비유된다. 나아가 프리다는 소란을 피우는 하인들을 그들이 마땅히 있어야 할 마구간으로 쫓아내겠다고 말한다. 그녀는 채찍을 들고 춤추는 하인들을 마구간으로 몰아넣는다. 이 장면에서도 하인들은 다시 한번 마구간으로 내쫓기는 말의 모습을 띤다.

성에서 온 클람의 하인들은 독일어로 '하인'을 의미하는 'Diener'로 불리기도 하지만 'Knecht'로 불리기도 한다. 'Knecht'는 독일어로 '하인'이라는 뜻도 있지만, 'Pferdeknecht'

나 'Stallknecht'의 줄임말로 '마부'를 뜻하기도 한다. 하인은 주인을 섬기고 복종하는 존재다. 그런데 노예를 뜻하기도 하는 'Knecht'라는 단어 앞에 '말'을 의미하는 'Pferde'라는 단어가 생략된 것으로 보면, 마부로서의 하인에게는 주인에게 저항하며 그와의 관계를 전도시킬 수 있는 강인한 신체성과 생명력이 존재한다. 마부에게는 말의 속성이 잠재해 있는 것이다. 하인들은 성에 있을 때 그곳의 법칙을 따르며 조용하고 품위 있게 행동하지만, 마을로 내려오면 완전히 달라진 모습을 보인다. "그 외에 마을에서는 성의 법칙이 그들에게 더는 온전히 통용되지 않는다는 점에서 그들은 마치 변신한 것처럼 보인다. 즉 그들은 야생적이고, 반항적이며 법 대신 채워지지 않는 충동의 지배를 받는 족속인 것이다."(348) 이처럼 하인들은 마을로 내려오면 마치 야생동물처럼 변신하며, 가부장적인 성의 법칙에 예속된 존재가 아니라 자신의 충동을 쫓아 거침없이 행동하는 존재로 나타난다.

K.는 헤렌호프 여관의 주점에서 클람의 하인들이 올가를 데리고 춤을 추는 광경을 목격한다. 이들은 원무를 추면서 그녀를 빙글빙글 돌리고 현기증을 불러일으킨다. 올가도 헤렌호프 여관에서 하인들이 자신을 '장난감'처럼 거칠게 다루었다고 말한다. 로버트슨은 지조를 지키는 프리다와 하인들의 성적 노리개가 된 올가를 대립시키며 프리다의 도덕적 우

월성을 강조한다.[61] 하지만 위의 장면을 단순히 올가가 인간적 존엄성을 잃고 하인들의 노리개, 즉 사물로 전락한 부정적 의미로만 해석해서는 안 된다. 여기에는 또 다른 의미가 숨겨져 있다. 우선 하인들이 올가와 춤을 출 때 그녀를 빙글빙글 돌리며 현기증을 불러일으킨다는 사실에 주목할 필요가 있다. 이는 앞의 '아이'에 관한 부분에서 설명한 것처럼 로제 카이와가 말한 일링크스, 즉 도취의 놀이를 연상시킨다. 또한 올가가 하인들의 '장난감'이 되었을 때, 그녀는 춤을 추는 놀이의 주체에서 장난감이라는 놀이의 대상으로 전환하는데, 이를 통해 놀이 주체와 대상, 인간과 사물의 경계가 사라진다. 물론 올가를 성추행의 대상이나 아니면 하인들에게 돈을 받은 것 때문에 일종의 창녀로 간주할 수도 있다. 하지만 올가가 하인들의 노리개가 된 상황을, 마을 사람들의 배척과 멸시에 시달리던 그녀가 도취의 놀이에 빠져 무의식적으로 해방감을 느끼며 자신의 신체적 욕망을 발산하는 것으로 해석할 수도 있을 것이다.

카프카가 올가를 단순히 집단적인 성추행 대상이나 창녀로만 묘사하지 않으려 했다는 것은 그녀의 상징적인 이름에서도 알 수 있다. 러시아의 전통적인 이름인 올가는 '신성한'이라는 의미를 지닌다. 그러니까 창녀 같은 올가가 역설적으로 신성한 여인이기도 한 것이다. 이는 올가가 표면적인 차원을 넘어서는 또 다른 심층적 의미를 지님을 암시한다.

올가에 대한 마부들의 희롱을 다르게 해석할 가능성은 무엇보다 그녀와 K.의 관계를 살펴봄으로써 생겨난다. K.는 밤늦게 바르나바스의 집에 찾아가지만, 바르나바스는 집에 없고 대신 아말리아가 문을 열어주러 나온다. 그녀는 K.와의 대화에서 언니인 올가가 그를 사랑하고 있고, "K.도 올가에게 호감을 느끼고 있으며, 바르나바스가 가져올 소식을 핑계로 그가 이 집을 찾아온 이유도 사실은 단지 올가 때문이라는 것을 알고 있다"(265-266)라고 말한다. 그러니까 K.가 바르나바스의 집에 찾아온 이유는 바르나바스를 통해 성의 소식을 전해 듣기 위해서가 아니라, 그가 호감을 지닌 올가를 만나기 위해서라는 것이다. 실제로 바르나바스가 집에 없지만, K.는 프리다가 기다리는 학교로 돌아가지 않고 계속 올가와 이야기를 나누다가 결국 프리다와 결별하게 된다. 만일 아말리아의 말처럼 정말 K.가 올가에게 호감을 느끼고 있으며 무의식적인 욕망을 품었다면, 올가에 대한 하인들의 행동 역시 다른 의미를 부여받을 수 있다. 마부이기도 한 클람의 하인들은 마찬가지로 하인[62]이자 마부인 K.의 또 다른 자아를 나타내기 때문이다. 즉 마부들이 올가를 성희롱하는 장면은 사실은 K.의 무의식적 욕망이 표출되는 것으로 해석될 수 있다. 「시골 의사」에서 의사의 또 다른 자아인 마부가 하녀인 로자를 성추행하는 것처럼 말이다.

올가와 긴 대화를 나누고 그 집을 몰래 빠져나온 K.는 길에서 그를 기다리던 조수 예레미아스를 만난다. 예레미아스는 K.에게 조수 일을 그만두겠다고 통보한다. 그러자 K.는 그에게 이제 "더 이상 주인과 하인의 관계가 아니니"(372) 솔직하게 이야기를 해보자고 말한다. 이 말에서 K.가 이전에 조수들에 대해 주인의 위치를 차지하고 있었음을 알 수 있다. 하지만 K.는 성에 처음 도착해 머문 여관에서 성의 직원과 통화할 때, 자신을 K.의 옛조수로 내세우며 하인의 지위를 갖기도 한다. 흥미로운 것은 그가 브뤼켄호프 여관 여주인과의 언쟁으로 여관에서 쫓겨난 후 학교 관리인 일을 맡게 되는데, '학교 관리인'을 의미하는 독일어 단어 'Schuldiener'에 '하인Diener'이라는 단어가 들어 있다는 점이다. 그러니까 학교 관리인인 그는 선생을 상관으로 모시는 '하인'이기도 한 셈이다. 따라서 하인인 K.와 클람의 하인 사이에 연결고리가 존재한다. 그런데 소설 마지막에서 게르슈테커는 K.에게 학교 관리인 일을 그만두고 임시로 자기 밑에서 말을 돌보는 조수 일을 맡아달라고 부탁한다. 이는 K.가 하인으로서 조수인 동시에 마부가 되는 것을 의미한다. 여기서 마부로서의 하인은 단순히 주인에게 무조건 복종하는 사람이 아니라, 클람의 하인들처럼 적어도 마을에서는 성의 법칙에 구속되지 않고 자신의 충동에 따라 자유롭게 행동하는 동물적인 인간을 가리킨다. 그렇다면 올가에게 욕망을 드러내는 성의 하인들은 사실은 K.의 숨겨진 자아를 나타낸다. 비록 K.는 아말리아에게 프리다와의 관계가 무엇보다 소중하며 올가에게는 아무런 관심이 없다고 역설하지만, 작가는 클람의 하인들이 올가에게 드러내는 욕망을 통해 K.가 무의식적으로 올가에게 호감을 느끼고 있음을 보여준다.

그런데 올가에 대한 K.의 욕망을 성적인 욕망으로 환원해서는 안 된다. 오히려 거기에는 훨씬 심층적인 의미가 숨겨져 있다. 「시골 의사」에서 로자에 대한 마부의 욕망이 사실은 생성에 대한 욕망을 나타내듯이,[63] 올가에 대한 K.의 욕망도 이와 비슷한 의미를 내포한다.

앞 절에서 개 모티브를 다루면서 프리다가 두 명의 조수와 K.를 모두 자신의 조수처럼 다룬다는 것을 언급한 바 있다. 이들이 섬기는 듯한 프리다는 헤카테 여신을 지시하기도 한다. 이는 그녀가 헤렌호프 여관의 주점에서 일하기 전에 브뤼켄호프 여관에서 "마구간 하녀"(62)로 일했다는 데서 암시된다. 그녀가 말과 관련된 인물임은 춤추는 마부들에게 채찍을 휘둘러 그들을 마구간으로 몰아넣는 장면에서도 드러난다. 그녀의 채찍질을 통해 마부들은 말로 변신하는 것이다. 채찍은 헤카테 여신을 상징하는 물건 중 하나다. 올가에게 치근덕

거리는 마부들이 여성을 대상화하는 가부장적 남성을 나타
낸다면, 프리다는 그들을 채찍질하며 이러한 가부장적 질서
를 공격함으로써 그들에게 잠재된 또 다른 주체성을 발현시
킨다.[64] 이때 일어난 동물-되기는 여성을 성적인 대상으로 여
기는 마부들의 짐승 같은 욕망과 관련되기보다는, 가부장적
인 질서를 지탱하는 이분법 속에서 남성과 여성, 인간과 동물
을 구분하는 경계를 넘어서며 동물로의 변신을 통해 새로운
주체성을 만들어내는 것을 의미한다.

　　말은 헤카테 여신과 긴밀히 연관된다. 카를 구스타프 융
은 말이 헤카테 여신의 동물이라고 언급했다. "우리는 어머니
를 목표로 삼는 리비도가 어머니 자신을 말로 상징화하는 것
을 이미 살펴보았다. 그래서 하계의 여신 헤카테는 말의 머리
로 묘사되곤 한다."[65] "마법의 파피루스 고문서에서도 헤카테
는 종종 hippos(말)로 불린다."[66] 또한 "초창기 델피의 사제들도
헤카테를 세 개의 동물(말, 개, 사자) 얼굴을 지닌 괴물 같은 형
상으로 묘사한다."[67] 그 밖에도 말은 망자를 하계로 데려가는
동물로 여겨졌는데, 이런 의미에서도 하계의 문지기 신인 헤
카테 여신과 연결된다. 이러한 맥락에서, 마구간 하녀로 말을
돌보고 채찍질로 클람의 하인들을 말로 변신시키는 프리다
는 말을 상징동물로 삼는 헤카테 여신과 연결될 수 있다.

　　페피는 프리다가 클람을 떠나 K.의 곁으로 간 후, '하

인들Knechte’은 더 이상 프리다에게 신경을 쓰지 않고 올가에게 관심을 갖게 되었다고 말한다. 그런데 이 하인들이 ‘Pferdeknecht’로서 마부이기도 하며 그들에게 ‘말Pferd’로 변신할 잠재력이 있다고 한다면, 이러한 잠재력을 실현시켜 줄 인물은 다름 아닌 올가이다. 왜냐하면 이들은 올가와 함께 춤을 추며 성에서 억눌렸던 동물적인 신체성과 활력을 발산하기 때문이다. 올가는 하인들을 춤이라는 놀이를 통해 도취 상태에 빠지게 한다. 이를 통해 ‘하인Knecht’들은 ‘노예Knecht’ 상태에서 빠져나와, ‘마부Pferdeknecht’이기도 한 자신에게 잠재한 ‘말Pferd’의 속성을 발산하며 말로 변신한다. 이처럼 마부이기도 한 하인들에게 잠재해 있는 동물적 속성을 발산시키며 말-되기를 가능하게 하는 올가는 ‘신성한’이라는 의미의 이름을 통해 헤카테 여신을 지시하게 된다. 특히 마부 및 말과의 긴밀한 연관을 통해 올가는 헤카테 여신과 연결되는 것이다. 올가가 가모장 사회의 위대한 어머니 여신으로 거슬러 올라가는 헤카테 여신을 지시한다면, K.는 자신의 또 다른 자아인 마부들을 통해 그녀에 대한 욕망을 드러낸다. 이러한 욕망은 성추행이라는 가부장적인 폭력이 아니라, 동물로의 변신을 통해 다양한 주체성을 만들어내려는 가모장적인 생성에의 욕망을 의미한다.

하인들은 올가를 장난감 취급하며 파괴하고 싶어 하는

데, 여기에는 두 가지 측면이 들어 있다. 하나는 파괴의 측면이고 다른 하나는 놀이를 통한 다양한 생성의 측면이다. 무언가를 생성하기 위해서는 기존의 정체성이 파괴되어야 한다. 따라서 하인들의 폭력은 정체성의 파괴라는 측면에서 이해할 수 있다. 다른 한편 장난감과 관련된 놀이는 생성의 측면도 지닌다. 니체의 초인의 모델인 '놀이하는 아이'는 놀이에 빠져 자아를 망각한다. 이러한 망각은 자아에 대한 망각 내지 자아의 파괴를 의미하지만, 동시에 이로부터 다양한 주체성이 생겨날 수 있다.

마부가 가부장적 질서를 파괴하는 가모장적 (무)질서와 연관이 있다는 것은 K.가 헤렌호프 여관의 뜰에서 클람을 기다리는 장면을 통해서도 알 수 있다. K.는 그곳에서 썰매를 꺼내놓고 클람이 오기를 기다리는 마부를 만난다. K.가 성 마을에 처음 도착했을 때 브뤼켄호프 여관에서 보았던 농부 중 한 명인 이 마부는 모피 외투를 입고 클람을 기다리고 있다. 그는 K.에게 코냑을 마시고 싶은지 묻고 썰매 문을 열고 들어가 코냑을 꺼내오라고 말한다. K.는 따뜻한 썰매 안에서 코냑을 마시고 몸을 녹인다. 그는 그 안에서 정신이 몽롱해지고 망각에 빠진다. 또한 그는 코냑을 마시던 중, 갑자기 전깃불이 켜지며 밝아지자 놀라서 손에 들고 있던 코냑 병을 떨어뜨리고, 그로 인해 앉아 있던 모피가 젖는다.

마부는 그때까지 이성적이고 목적 지향적으로 행동하던 K.에게 코냑을 마시게 해 그를 몽롱한 상태에 빠뜨린다. 이를 통해 K.가 현실 세계에서 꿈의 세계로 넘어갈 기회가 생긴다. 또한 K.는 이로 인해 망각 상태에 빠지는데, 이는 K.가 기존의 정체성을 버리고 새로운 존재로 변신할 수 있는 계기가 된다. 무엇보다 흥미로운 것은 마부가 모피 외투를 입고 있다는 사실이다. 이는 마부에게 잠재된 동물적 속성을 의미하기도 하지만, 무엇보다 자허마조흐의 작품에 나오는 모피 외투를 입은 여인을 연상시킨다. 모피 외투를 입은 여인은 가부장적 질서를 대변하는 남성을 직접 채찍으로 때리거나 자신의 대리인에게 때리게 한다. 따라서 카프카의 작품에 자주 등장하는 모피 외투를 입은 여인이나 그의 위임을 받은 모피 외투를 입은 남성은 가부장적 질서를 파괴하는 가모장적 (무)질서를 대변한다.[68] 이러한 맥락에서 추운 날씨에 밖에서 클람을 기다리고 있는 모피 외투를 입은 마부는 가모장적 (무)질서에 속해 있는 인물로 볼 수 있을 것이다. 따라서 이 소설에서 설령 마부들이 때로는 여성에 적대적이고 폭력적으로 행동하는 모습을 보이더라도, 이러한 표면적 층위 밑에는 또 다른 해석의 가능성이 숨어 있음을 간과해서는 안 된다. 마치 성이 가부장적 질서의 공간인 동시에 가모장적 (무)질서의 공간이기도 한 것처럼, 말로 변신하는 마부는 여성을 성적으로 학대하는 가부장적인 남성인 동시에 자아정체성을 파괴하고 변신을 통해 새로운 주체성을 생성할 수 있게 하는 가모장적인 (무)질서의 대변자이기도 한 것이다.

4.
가부장적 질서에서
가모장적 (무)질서로

1) 성의 야누스적인 얼굴

이 소설에서 성은 야누스의 얼굴을 지닌다. 성은 가부장적 질서뿐만 아니라 가모장적 (무)질서를 가리킨다.

정신분석학자인 라캉에 따르면, 아이는 어머니와의 공생관계에서 벗어난 후 아버지의 질서 속으로 들어간다. 이는 그가 아버지의 법과 상징적인 언어 질서 속으로 들어가게 됨을 의미한다. 자신의 욕구를 아무런 제약 없이 충족시킬 수 있던 어머니와의 공생관계에서와 달리, 아버지의 질서 속에서 아이는 무의식적 욕망에 따라 행동할 수 없고 규범을 준수하는 법을 배운다. 그는 사회에서 제시되는 타자의 욕망을 자신의 욕망으로 삼고 이를 충족시키려 하지만, 이러한 시도는 매번 실패로 돌아간다. 그러한 욕망은 그의 심층적 욕망, 즉 무의식적 욕망과 일치하지 않기 때문이다. 또한 그는 이 단계에서 법으로 대변되는 규범뿐만 아니라 언어적 규칙도 배운다. 아이는 상징적인 언어를 사용하면서 외부 세계를 지시하고 그 안의 대상들을 서로 구분할 수 있게 되는 것이다. 하지만 라캉이 상징계로 부른 가부장적 질서에서는 법이 욕망의 실현을 가로막고, 상징적인 언어의 기표도 기의와 일치하지 않는다. 라캉은 이처럼 상징계에서 충족되지 못하는 욕망과 포착되지 않고 끊임없이 유예되는 의미의 부정성을 강조한다.

측량사인 K.는 가부장적인 질서를 상징하는 성 안으로 들어가려고 한다. 그는 그곳에서 사회적인 인정을 받고 마을에 정착하여 살기를 희망한다. 하지만 성안으로 들어가려는 그의 욕망은 충족되지 않으며 끊임없이 유예된다. 가부장적인 법을 상징하는 성은 그 안으로 들어가려는 K.의 욕망 충족을 허용하지 않는 것이다. 또한 K.는 성에 도달하려는 자신의 목적을 달성하기 위해 마을 사람들을 전략적으로 이용한다. 이러한 목적 지향적이고 전략적인 행동은 일종의 측량 행위라고도 할 수 있다. 그런데 K.의 측량 행위의 또 다른 측면은 성의 실체를 파악하고 인식하는 것이다. 그것은 가부장적인 법이자 동시에 상징적인 언어 질서인 상징계에서 기의를 포착하려는 시도이기도 하다. 하지만 K.가 의식적인 측량 행위를 통해 성의 본질이나 궁극적 의미를 인식하려는 시도는 실패하고 만다.

K.는 가부장적 질서를 구현하는 성에 도달할 수 없고 그 실체를 파악하지도 못한다. 이는 K.가 성을 매번 다르게 인지할 뿐만 아니라, 마을 주민들 역시 클람을 제각기 다르게 묘사하는 데서도 나타난다. 심지어 그들이 본 사람이 클람인지조차 확실하지 않다. 달리 표현하면, 클람과 성을 가리키는 것으로 제시된 기의가 사실은 모두 또 다른 기표에 지나지 않음이 밝혀진다. 이처럼 가부장적인 질서 내지 법으로서 성이 갖는 의미가 확정되지 않고 무한히 지연되는 현상은 『소송』의 문지기 설화에서도 나타난다. 법의 문을 지키는 문지기는 시골 남자에게 설령 첫 번째 문을 통과해도 다음에 더 강력한 문지기가 지키는 또 다른 문이 있고, 그 안에 들어가도 또 다른 문이 나타난다고 말한다. 이를 의미를 찾아가는 과정에 대한 비유로 해석하면, 첫 번째 문 뒤에 숨겨져 있을 것이라고 믿었던 의미는 이어지는 문들에서도 발견되지 못하고 계속 유예된다. 이와 유사하게 K.가 측량사로서 도달하고자 하는 성 역시 근본적으로는 그것의 궁극적 의미를 찾으려는 모든 시도를 헛수고로 만드는 '텅 빈 지점'임이 드러난다. 따라서 성에 도달하려는 K.의 시도는 처음부터 실패할 운명인 것

처럼 보인다.

하지만 성을 가부장적 질서의 표현이 아니라 가모장적 (무)질서의 표현으로 간주할 경우, 완전히 다른 해석이 가능하다. 성의 하급 집사의 아들인 슈바르처는 K.에게 마을도 성의 일부라고 말한다. 물론 이 말은 우선은 마을이 성의 영지로서 성의 지배를 받는다는 의미로 이해될 수 있지만, 달리 말하면 굳이 성에 가지 않고도 역설적으로 성에 도달하는 것이 가능하다는 의미로 해석될 수도 있다. 이 말은 또한 『소송』에서 모든 것이 법원에 속한다는 화가 티토렐리의 말을 연상시킨다. 이 말 역시 법의 지배를 벗어날 수 있는 사람은 없다는 의미이기도 하지만, 달리 말하면 요제프 K.가 찾는 법원이 사실은 어디에나 존재함을 의미하기도 한다.

이러한 역설을 가모장적 (무)질서의 맥락에서 해석하면, 성에의 도달은 결코 마을과 성 사이에 놓인 거리의 극복을 의미하지 않으며, 측량이라는 인식 행위를 통해 이루어지지도 않는다. 오히려 가모장적 (무)질서로서 성은 도처에 존재하므로 마을에도 있어서, 사실 K.는 잠재적으로는 이미 성에 있는 셈이다. 하지만 그가 합리적 인간으로서 타인과의 관계나 자신의 인식 및 해석 행위에 있어 항상 계산적으로 행동하고 성에 도달하려는 뚜렷한 의도와 목적을 지닌다면 결코 성에 들어갈 수 없다. 하지만 그가 실수로 잘못 측량함으로써 무의식적으로 라캉적 의미에서 아버지의 질서 또는 상징계로부터 빠져나오면, 그는 상징계의 개념적 언어로 포착할 수 없는 존재로 변신하며 가모장적 (무)질서로 들어갈 수 있다. 즉 들뢰즈와 가타리가 말한 동물-되기나 아이-되기를 실현하면서, 『변신』의 그레고르 잠자처럼 성의 문을 '안에서' 열고 그 안으로 들어갈 수 있는 것이다. K.는 아이와 동물로 변신함으로써 아이와 어른이나 동물과 인간 같은 개념적 구분과 차이를 넘어서며, 단일한 정체성을 파괴하고 다원적인 주체성을 실현할 수 있게 된다. 이처럼 자기 자신의 자궁에서 다양한 주체성을 생성하고 스스로 변화하는 것이 곧 가모장적 (무)질서다. 이러한 생성하고 변화하는 가모장적 (무)질서에서는, 파악할 수 없는 클람과 성으로 상징된 가부장적 질서의 '텅 빔'이 채워져야 하지만 채울 수 없는 결핍이나 메워야 하지만 메울 수 없는 구멍으로 간주되지 않는다. 오히려 그것은 자기 자신을 끊임없이 생성하고 변화시키는 다양체로 재해석된다.

아이나 동물로 변신하는 순간, K.는 동물적인 생명력을 지닌 문지기로서 가부장적 질서에서 가모장적 (무)질서로 향하는 문을 열 수 있게 된다. 그는 마을과 떨어져 있는 성으로 가지 않고도 가부장적인 성의 지배를 받는 마을에서 가모장적 (무)질서를 의미하는 성으로 들어갈 수 있다. 이처럼 마을 내에서 성에 도달할 가능성은 마을에서는 여성이 남성보다

우위에 있다는 사실을 통해서도 암시된다. 성의 관리들은 가부장적인 질서의 공간인 성을 지배하고 어린 한스의 어머니의 예에서처럼 여성들을 그곳에서 추방한다. 반면 마을에서는 여성들이 권력을 갖는데, 이는 마을이 가모장적인 (무)질서의 공간이 될 잠재력을 가지고 있음을 의미한다. 바르나바스의 집에서 모든 집안일의 결정권자는 아말리아이고, 브뤼켄호프 여관과 헤렌호프 여관에서도 모두 안주인이 그들의 남편보다 훨씬 막강한 힘을 지닌 것으로 묘사된다. 물론 표면적인 층위에서는 가부장적인 질서를 지닌 성이 마을에 대한 지배력을 행사하고 마을주민들은 성의 관리에게 무조건 복종해야 하는 것으로 나타나지만, 마을에 잠재하는 가모장적 (무)질서의 전복적 힘을 간과해서는 안 된다.

'Schloss'라는 독일어 단어는 야누스의 얼굴을 지닌다. 그것은 영주의 과시적인 큰 저택인 성뿐만 아니라, 잠금장치인 자물쇠를 의미하기도 한다. 첫눈에는 이 소설에서 제목으로 등장하는 'Schloss'의 의미가 첫 번째 경우인 성으로 국한되는 것처럼 보인다. 그런데 슈바르처의 말처럼, 마을이 성의 일부이고 모든 것이 성에 속하며 그래서 마을과 성의 경계가 사라지게 되면, 성이라는 개념 역시 모호해진다. 성과 마을, 남자와 여자 등 이분법에 기반을 둔 가부장적 질서를 구현하는 성은 또한 언어적인 차이에 기반을 둔 상징적 질서를 나타내기도 한다. 그런데 성과 마을의 개념적 구분이 사라지고 근본적으로 모든 것이 성이 될 수 있다면, 반대로 'Schloss'라는 단어 역시 그 잠재적 의미영역을 무한히 확장할 수 있을 것이다. 이 소설에서 'Schloss'는 제후의 성이라는 의미를 넘어 '자물쇠'라는 함의도 갖는다. 또한 '제후의 성'이라는 첫 번째 의미가 단 하나의 의미로 제한되는 반면, '자물쇠'라는 두 번째 의미는 독자에게 열쇠, 문지기, 문턱과 이행의 수호신(헤카테) 등 또 다른 다양한 의미들을 연상시키며 의미의 그물망을 펼친다. 이처럼 이 소설에서 'Schloss'는 결코 하나의 특정한 의미로 제한되지 않으며 무한한 의미잠재력을 지니는데, 이는 끊임없이 생성하고 변화하는 가모장적 (무)질서와 연결된다. 또한 'Schloss'의 두 번째 의미인 '자물쇠' 및 이와 연관된 다양한 연상들은 K.가 'Schloss' 안으로 들어간다는 것이 심층적으로 무엇을 의미하는지를 이해할 수 있게 해준다. 즉 그것은 K.가 가부장적인 권력을 지닌 백작이 사는 건물로서의 성에 들어가는 것이 아니라, 어느 곳에 있든 그레고르 잠자처럼 변신을 통해 자물쇠를 열고 가부장적 질서에서 가모장적 (무)질서로 향하는 문턱을 넘어서는 것을 의미한다.

2) 유목민과 주술치료사로서의 K.

사냥개와 양은 가모장 사회의 여신인 아르테미스 및 헤카테와 긴밀한 연관이 있다. 이러한 가모장 사회의 대지모 신들이 현대적인 맥락에서 어떻게 새로운 의미를 부여받는지를 알기 위해서는 사냥과 작은 어린 양 모티브를 살펴보아야 한다.

K.는 고향을 떠난 후 성의 마을에 도착한다. 하지만 그는 그곳에 정착하지 못하고 끊임없이 추방의 위협을 받으며 영원한 방랑자로 마을을 떠돌아다닌다. 부랑자와 같은 K.의 유목적 삶은 그가 마을에 도착했을 때 브뤼켄호프 여관에서 처음 만난 농부들의 정주적인 삶과 대립한다. 이 소설의 첫 번째 장면의 공간적 배경인 브뤼켄호프 여관에서는 이 작품을 구성하는 중요한 두 가지 인물 구도가 나타난다. 첫 번째는 낯선 방랑자인 K.와 정주민인 농부의 대립, 즉 이방인과 토착민의 대립이고, 두 번째는 성의 하급집사의 아들인 슈바르처가 대변하는 도시의 삶과 농부들이 대변하는 농촌의 삶의 대립, 즉 성과 마을의 대립이다.

유목성과 정주성의 대립 구도는 인류의 역사에서 나타난 중요한 사회구조의 변화와 관련이 있다. 구석기시대의 인간은 유목민으로서 한 장소에 정주하지 않고 끊임없이 거주지를 바꾸며 생활했다. 이러한 시대는 수렵 채집 사회였다. 즉 인간은 동물을 사냥하고 나무에서 과일을 따 먹으며 생존했다. 구석기시대 인간은 함께 사냥해서 획득한 고기를 나누어 먹었고, 모든 것을 공유하는 원시 공산주의 사회에 살았다. 그런데 신석기시대에 들어서면서부터 인간은 정주 생활을 시작하며 근본적인 변화를 경험한다. 이 시기에 사람들은 자신이 사는 땅과 다른 사람이 사는 땅을 구분하고 경계선을 긋기 시작했으며, 이에 따라 토지 획득에 따른 사유 재산이 생겨났다. 또한 땅에서 지은 농사의 수확물 역시 사유 재산이 된다. 그리고 이러한 토지의 분할로부터 법적인 질서가 생겨난다.[69] 땅 위의 경계선을 침범하는 것은 곧 타인의 권리를 침범하는 것이며, 따라서 이러한 문제를 조정할 규범적 제도와 기관이 필요해졌기 때문이다. 땅을 측량하고 분배하면서 생겨난 토지에 농작물을 재배하면서 본격적인 농경 사회가 시작된다. 이러한 농경 사회에서 사유 재산이 생겨났을 뿐만 아니라 잉여 농산물의 축적도 가능해졌다. 그래서 농사를 지을 필요가 없는 계층이 생겨난다. 이들은 직접 농사를 짓는 대신, 이와 관련된 행정 업무나 정치적 통치, 종교적 제의 집행 등의 업무를 수행했다. 쉽게 말해, 농경 사회로의 이행과 함께 위계적인 사회질서가 형성된 것이다. 일종의 경계설정인 이분법적인 구분에 기반을 둔 가부장적 사회질서 역시 이와 더불어 생겨났다.

『성』에는 성과 마을 간의 위계구조가 두 가지 형태로 나타난다. 첫 번째로 성의 관청이 대변하는 도시의 관료주의적 조직과 시골 분위기가 나는 마을 간의 대립을 들 수 있는데, 이러한 위계적 대립구조는 위쪽과 아래쪽이라는 공간구조를 통해 가시화된다. 두 번째로 성의 관청은 남성이 지배하는 영역으로, 성의 관리들은 마을의 여성들을 성적으로 착취한다. 그런데 이러한 위계화는 인류 역사 전체로 보면 신석기시대에 시작된 정주 사회와 관련이 있다.

비록 K.는 길을 잃고 성의 마을로 들어오지만, 이와 모순되게 자신이 성으로부터 측량사로 초빙을 받았다고 주장한다. K.는 자신을 측량사로 내세우면서 정주 사회에 편입되고 프리다와 결혼하여 이 마을에 뿌리를 내리려고 한다. 또한 그는 성으로 가는 길을 발견하려고 애쓰는데, 인식 과정으로서의 이러한 탐색 역시 비유적 의미에서 일종의 토지측량이라고 할 수 있다.

하지만 K.는 이를 잘못 측량하고 성에 도달하지 못한다. 또한 그가 마을을 배회하거나 마을에서 추방당할 위험에 항구적으로 노출되는 것 역시 마을에 제대로 통합되지 못했음을 보여준다. 그런데 이러한 K.의 강요된 유목 생활을 부정적 의미에서만 이해해서는 안 된다. 이 소설에서 그는 자신을 측

량사로만 내세우지 않는다. 마을 면장이 K.에게 측량사 자리
를 줄 수 없다며 대신 학교 관리인 직을 제안하자, K.는 어쩔
수 없이 그 일을 떠맡는다. 또한 K.는 브룬스비크의 아들인 한
스와의 대화에서 자신이 자연요법에 대한 지식을 가지고 있
다고 자랑하며 자신을 의사처럼 내세운다. 그 밖에도 그가 성
에 맞서 싸울 때는 전사의 모습을 보이기도 한다.

　　이처럼 K.가 다양한 역할을 맡는 것을 그의 사기꾼적인
면모와 연결하는 해석도 있지만, 이를 전혀 다른 맥락, 즉 구
석기시대 수렵 채집 사회의 맥락에서 바라볼 수도 있다. 이와
관련해 카프카의 단편소설 「유형지에서」에 등장하는 구사령
관의 말은 매우 흥미롭다. 구사령관은 "군인이자 재판관이었
고 설계자이자 화학자이며 화가이기까지 했으며 … 모든 역
할을 자신 속에 합일시켰다."[70] 이런 다중 역할의 수행은 노동
분업이 시작된 분화된 현대 사회에서는 거의 찾아보기 힘들
다. 따라서 모든 역할을 혼자서 수행하는 구사령관은 원시 사
회나 선사시대 부족의 전사를 가리킨다고 볼 수 있다. 클라스
트르는 원시 사회가 성별 차이로 인한 역할분담을 제외하고
는 어떤 노동 분업도 나타나지 않는 사회로 간주한다. 개개인
은 다양한 역할을 할 수 있었으며 원칙적으로 모든 일을 할
수 있었다는 것이다.[71] 물론 「유형지에서」의 구사령관이 수행
하는 직업들은 현대의 직업으로 제시되지만, 원시인들의 활

동도 어떤 면에서는 이 모든 직업과 관련된다. 비록 각 부족이 다른 부족과 항구적인 전쟁 상태에 놓여 있었지만, 그 사회 내부에는 어떤 위계질서가 존재하지 않았다. 이러한 '전쟁사회'에서 원시 부족 사회의 구성원들은 동굴에 동물 그림을 그리고, 사냥을 하거나 오두막을 짓고, 불문법에 따라 판결을 내리면서 다중적인 역할을 수행한다. 「유형지에서」에 나오는 구사령관처럼 『성』의 주인공인 K. 역시 측량사, 전사, 치료사, 학교 관리인 등 다양한 모습으로 나타난다.

K.가 수행하는 역할 중 특히 눈에 띄는 것은 치료사다. K.가 자연치료에 대한 지식을 가지고 있으며 의사가 고칠 수 없는 병을 자신은 고칠 수 있다고 말하는 점이나, 그의 몽환적인 특성과 동물로의 변신은 선사시대 부족의 '주술치료사', 즉 샤먼을 연상시킨다. 「시골 의사」에 등장하는 동명의 주인공이 눈보라가 휘몰아치는 날 마차를 타고 이리저리 배회하는 것처럼, K. 역시 마을 전체가 눈 속에 깊이 파묻혀 있는 날 성에 도착한다. 이처럼 대지가 눈으로 뒤덮인 마을에 의사가 이리저리 배회하는 모습은 유목민으로서의 시베리아 샤먼을 연상시킨다.

몸이 마비된 듯 잠에 빠져들거나 최면에 걸린 듯한 상태 또는 다양한 종류의 신체 절단을 통해 표현되는 상징적 죽음과 부활은 샤먼의 입문 의례나 환각체험에 특징적으로 나타나는 중요한 요소들이다.[72] 이러한 요소들은 『성』보다는 『소송』에 더 분명하게 나타난다. 『소송』에서 두 형리가 요제프 K.를 칼로 찌르는 장면이 등장하는 데 반해, 『성』에서는 K.의 죽음이 마비 상태나 최면 상태를 통해 암시적으로만 나타나기 때문이다. 하지만 『성』에서 K.가 샤먼의 지위를 지닌다는 것은 의심할 여지가 없다. "원하는 사람이 모두 주술치료사가 되는 것은 아니다. 주술치료사가 되기 위해서는 천직에 임명되어야 한다. 이러한 임명은 특히 비범한 환각체험 능력을 통해 계시된다."[73] 많은 연구자가 K.가 잘못된 메시아이거나[74] 마을 공동체에서 예외적 지위를 차지하고 싶은 성향을 지님을[75] 지적했다. 하지만 이러한 부정적인 측면에서 K.의 비범함을 언급할 수도 있지만, 또한 긍정적인 측면에서 현대의 샤먼으로서 K.의 비범함을 강조할 수도 있을 것이다. 그의 샤먼적인 특성은 특히 강렬한 신체성을 발산하며 자아를 잊고 동물이나 아이 같은 존재로 변신할 수 있는 능력에 있다.

원시 사회에서 샤먼은 동물 가면을 쓰거나 동물 복장을 하며, 환각 상태에서 새와 같은 동물로 변신하는 체험을 한다. 이는 질병을 치료하거나 부족에 생긴 문제를 해결하기 위해 망자의 왕국으로 떠나는 여행이기도 하다. 아시아 샤먼의 여행에 까마귀가 보조령으로 동반하듯이,[76] K.는 성의 탑 주변을 까마귀 떼가 비행하는 것을 목격하는데, 이들은 아마도 그의 하계를 향한 여행에 함께할 것이다.

입문 의례에 나타나는 샤먼의 상징적 죽음이나 샤먼의 제의에 나타나는 그의 망아 상태는 카프카의 작품에 나타나는 주인공의 죽음을 이해하는 데 매우 도움이 된다. 카프카에게 이러한 죽음은 신체적, 물리적 죽음을 넘어 자아의 상징적 죽음을 의미하기 때문이다. 즉 단일한 정체성의 파괴를 의미하는 이러한 죽음은 변신과 다양한 주체성의 생성을 위한 전제조건이다.

앞의 말 모티브 절에서 살펴보았듯이, 성의 하인들, 즉 마부들은 K.의 또 다른 자아로 간주될 수 있다. 그런데 프리다가 채찍으로 마부들을 내리쳐 마구간으로 몰아넣으며 말로 변신시키는 장면을 앞서 언급한 샤머니즘적 제의와 연결지어 보면 흥미로운 결과를 도출할 수 있다. 샤머니즘 제의에서는 말가죽으로 만든 북이나 북채가 망자를 하계로 이끄는 말 자체로 간주되기도 하는데, 이러한 북채는 '채찍'으로 불리기도 한다.[77] 따라서 이 소설에서 채찍은 K.의 또 다른 자아인 마부들을 마구간으로 몰아넣고 이들을 말로 변신시켜 다른 세계, 곧 하계로의 여행을 떠나게 하는 제의적 수단으로 기능한다. K.는 하계로의 여행을 떠나며 상징적 죽음을 통해 망아 상태에 빠지지만, 동시에 이러한 말-되기는 단순히 상징적 죽음만을 의미하지 않으며 변신을 통한 새로운 주체성의 생성을 의미하기도 한다.

　이러한 정체성의 놀이는 어머니의 자궁에서처럼 다양한 주체성을 생산할 수 있는 가모장적 (무)질서 속에서만 이루어질 수 있다. 어린 한스의 어머니인 브룬스비크 부인은 원래 성 출신이지만 지금은 마을에서 살고 있다. 그녀는 중병에 걸린 상태인데, K.는 한스에게 자신이 의학적인 지식이 많고 환자치료에도 경험이 있으니 한스의 어머니를 기꺼이 한번 만나보고 싶다고 말한다. "의사가 고치지 못한 많은 병을 그가 고치는 데 성공했다는 것이다."(229) K.는 '의사^{Mediziner}'가 아닌 '주술치료사^{Medizinmann}'로서 심층적으로 가모장적 (무)질서를 대변하는 한스의 어머니를 치료하려고 한다. 아말리아는 K.에게 그와 비슷하게 성에 엄청나게 관심이 많은 남자가 있었는데, 알고 보니 그 남자는 성 사무국에서 일하는 접시닦이 하녀의 딸을 사랑해 그곳에 들어가려 했다고 이야기한다. 그 이야기를 들려준 아말리아가 부모님에게로 자리를 옮기자 K.는 그 남자가 누군지 올가에게 묻는다. 올가는 그 남자가 브룬스비크일지 모른다면서도 확실하지는 않다고 덧붙인다. 나아가 아말리아의 이야기 자체가 의심스럽기도 한데, 왜냐하면 그녀가 진심으로 이야기하는 것인지 반어적으로 말하는 것인지 분간하기 어렵기 때문이다. 카프카는 이런 식으로 브룬스비크의 부인이 성에서 일하는 하녀의 딸인지 아닌지를 불확실하게 하며 그녀의 정체성을 모호하게 만든다. 이로부터 그녀가 하녀의 딸이라는 현실적 지위 이상의 함의를 내포할 가능성이 생겨난다.

어쩌면 브룬스비크 부인은 자신을 사랑하는 한 남자를 만나 메르헨에서와 같은 행복한 결혼생활을 한 것이 아니라, 성에서 마을로 쫓겨나 병이 든 채 그곳에 사는 것일 수도 있다. 그녀가 성이 아닌 마을에 있으며 더욱이 중병에 시달리고 있다는 사실은 그녀 개인의 차원을 넘어 권력에서 내쫓긴 가모장제의 몰락을 의미하기도 한다. 흥미로운 것은 그녀가 두 아이의 어머니임에도 불구하고, 그녀가 누군지 묻는 K.의 질문에 "성에서 온 젊은 여자지요"(25)라고 대답한다는 것이다. 보통 'Mädchen'이라는 단어는 결혼하기 이전의 젊은 여성을 지칭하기 때문에, 이는 브룬스비크 부인이 모성을 상실한 것으로 해석할 수 있다. 비록 그녀에게 자식이 있음에도 불구하고 말이다. 이것은 원래는 소아시아의 '위대한 어머니 여신 Magna Mater'이었지만, 이후에는 이방의 신으로서 고대 그리스의 가부장적 질서와 신화체계에서 확고한 자리를 차지하지 못했던 젊은 여신 헤카테의 상황과 비슷하다. 이 젊은 여신을 다시 위대한 어머니 여신의 지위로 격상시키기 위해 브룬스비크 부인은 주술치료사인 K.를 필요로 한다. 샤먼은 하계로 내려가 "병자의 영혼을 찾아낼" 뿐만 아니라, 또한 "영혼을 훔

쳐 지상에서 그것이 태어날 수 있도록 돕기 때문이다."[78] 현대의 의사가 고칠 수 없는 브룬스비크 부인의 병을 주술치료사인 K.가 치료해야 한다. 이때 K.는 샤먼처럼 동물로 변신하고, 현대의 유목민으로서 가부장적 질서와 사회적 위계구조를 만들어낸 구분과 경계를 뛰어넘어야 한다. 이를 통해 가모장적 (무)질서가 다시 회복되어 자신의 창조적 특성을 되찾게 될 것이다.

3) 젊은 여신에서 어머니 여신으로

양 모티브도 이 소설의 중심 주제인 가모장적 (무)질서와 관련이 있다. 양을 희생제물로 바치는 대상인 헤카테 여신은 가부장 사회인 고대 그리스의 신화에 등장하지만, 근원적으로는 위대한 어머니 여신으로 거슬러 올라간다. 젊은 헤카테 여신과 어머니 여신 간의 관계가 이 소설에서 어떻게 나타나고 있으며 그 의미가 무엇인지 살펴보는 것은 이 소설을 이해하는데 매우 중요하다.

이에 앞서 먼저 조수와 클람의 관계를 살펴보자. 심부름꾼으로 불리기도 했던 조수 예레미아스는 자신을 "작은 클람"(395)으로 느낀다. 그는 종종 아이나 맹수에 비유되기도 하지만 병약한 모습도 보인다. K.가 그를 학교에서 쫓아낸 후,

그는 바깥에서 장시간 추위에 떨다가 감기에 걸린다. 그러고 나서 헤렌호프 여관에서 프리다의 간호를 받는다. K.의 곁을 떠난 그녀는 병든 예레미아스를 돌봐준다. 비록 프리다가 조수들에게서 클람의 흔적을 발견하고 이에 매혹되기도 하지만, 이들은 단지 작은 클람으로만 나타날 뿐이다.

이 소설에서 바르나바스와 프리다는 '어린 양Lamm'이 아니라 '작은 어린 양Lämmchen'에 비유된다. 즉 축소형 어미 'chen'이 사용되고 있는데, 이는 앞에서 말한 작은 클람으로서 조수들이 성의 고위관리 클람의 불완전한 버전인 것과 마찬가지로 이들 역시 불완전하다는 것을 보여준다. 그리스 신화에서 헤카테 여신은 하계의 출입을 관장하는 젊은 여신이다. 이 소설에서 프리다나 페피 같은 젊은 여성이 헤카테 여신을 상징하는 것도 이런 맥락과 관련이 있다. 소아시아에서 헤카테 여신은 원래 위대한 어머니 여신이었다. 이런 연관에서 한스의 어머니인 브룬스비크 부인의 아이가 왜 프리다라는 이름을 가지고 있는지 이해할 수 있다. 고대 그리스 시대 이전의 위대한 어머니 여신은 시간이 지나면서 변화하며, 그것의 원래 의미가 약화하거나 망각된다. 이러한 어머니 여신으로부터 이후에 헤카테 여신이 생겨났는데, 그래서 헤카테는 위대한 어머니 여신의 아이로 간주될 수 있을 것이다. 『성』에 등장하는 브룬스비크 부인이 중병에 걸려 치료를 받아야 하듯이, 현대에 거의 잊히다시피 한 어머니 여신은 새롭게 불러내져야 한다.

K.가 브룬스비크 부인을 처음 보았을 때, 그녀는 다음과 같이 묘사된다. "이 여성은 팔걸이 의자에 죽은 듯이 누워 있었다. 그녀는 자신의 가슴에 안긴 아이에게조차 시선을 두지 않았고 멍하니 허공만 쳐다보았다."(23-24) 브룬스비크 부인은 성 출신이지만 지금은 마을에 살고 있다. 이는 심층적인 차원에서는 그녀가 상징하는 어머니 여신이 성에서 추방되었고 이전의 권력을 상실했음을 의미한다. 그녀의 병과 무력함은 이로부터 비롯된다.

그녀가 성에서 쫓겨나기 전에는 아마 권력을 지녔고 가모장적 질서를 대변했을 것이다. 이는 역사적으로 존재했을지도 모르는 가모장적 질서에서 여성이 차지했던 높은 지위에 상응한다. 그런데 카프카는 이 소설에서 브룬스비크 부인이 상징하는 여신을 병든 여성으로 묘사하고, 주술치료사인 K.에게 그녀의 치료를 맡긴다. 하지만 이처럼 치료되어야 할 여성은 역사 속의 가모장적 질서가 아니라 가모장적 (무)질서를 나타낸다. 이러한 가모장적 (무)질서는 여성이 지배하는 사회와 무관하며 어머니가 지닌 창조적이고 생성적인 힘을 가리킨다. 따라서 카프카가 의도하는 것은 현대 사회에서 여성의 지배 권력을 되찾는 것이 아니라, 오히려 경계를 넘어서는 가모장적 (무)질서를 통해 남성과 여성의 이분법을 극복하는 것이다. 카프카는 이러한 방식으로 현대적 관점에서 과거의 신화를 새롭게 해석한다.

따라서 K.가 브룬스비크 부인의 도움으로 성에 들어가기를 희망하는 것은 결코 헛된 희망이 아니다. 하지만 이에 앞서 그는 우선 그녀를 치료해야 한다. 그런데 이러한 치료는 K.가 아이와 동물의 생명력을 구현하는 클람으로 변신할 때만 이루어질 수 있다. 왜냐하면 이를 통해 가모장적 (무)질서가 작동할 수 있기 때문이다.

그런데 클람은 이 가모장적 (무)질서와 어떻게 연결되는 것일까? 이에 대한 답은 그의 옷에 대한 묘사에서 찾을 수 있다. 올가는 K.에게 마을 주민들이 클람의 모습에 대해 각기 다르게 묘사하고 있으며 그 때문에 클람에 대한 통일된 상이 생겨날 수 없다고 말한다. 이 모든 차이는 "순간적인 분위기, 흥분의 정도, 희망 또는 절망의 무수한 중간 단계에 의해 생겨난다."(278) "단지 옷과 관련해서만 다행히도 진술이 일치했는데, 그는 항상 똑같은 옷, 즉 옷자락이 긴 검은 재킷을 입고 있다는 것이다."(278) 검은 옷은 죽음을 지시하는데, 이러한 죽음은 생물학적인 죽음을 넘어서 자아의 죽음을 의미한다. 또한 '옷자락Schoß'은 두 가지 상반된 의미를 지닌다. 한편으로 그것은 허리 밑으로 내려오는 남성 양복의 한 부분으로서 연미복의 옷자락을 가리킨다. 이는 클람의 가부장적 측면을 강조한다. 하지만 다른 한편 'Schoß'라는 단어는 '자궁Mutterschoß'과 연관되기도 한다. 카프카의 작품에서 자주 등장하며 중요한 의미를 부여받는 이 단어는 그것이 지시하는 의미, 가령 무릎이나 품 외에 함축적으로 '자궁'이라는 의미를 내포한다. 이 단어에는 '어머니Mutter'라는 단어가 생략되어 있는데, 이는 K.라는 성에 Lamm이라는 단어가 생략된 것과 마찬가지다. 이처럼 가모장적 (무)질서와 연관이 있는 생략된 비가시적인 부분을 찾아내는 것이 중요하다. 그 때문에 독자도 이 소설에서 가부장적인 질서의 이면에 숨어 있는 가모장적 (무)질서를 찾아내야 한다.

'자궁Mutterschoß'으로서 'Schoß'라는 단어는 클람의 가모장적 측면에 상응한다. 왜냐하면 이는 자아의 죽음 후에 생겨나는 다원적 주체성과 관련이 있기 때문이다. 따라서 긴 옷자락의 검은 재킷을 입은 클람은 자신 속에 파괴(검은 옷)와 생성(자궁으로서의 옷자락 'Schoß')의 원칙을 내포하고 있으며, 이를 통해 생성과 변화를 관장하는 어머니 여신과 연결된다. 정확히 규정될 수 없으며 끊임없이 변화하는 클람의 이미지 역시 이를 통해 설명될 수 있다. 가모장적 (무)질서는 이분법적인 가부장적 질서와 통일된 정체성을 파괴하고 클람의 다양한 상처럼 무수히 많은 주체성을 생산한다. 조수인 작은 클람들과 비교하면 클람은 훨씬 다양하고 강력한 변신을 보여줄 능력이 있기 때문에 가모장적 (무)질서를 가장 잘 작동시킬 수 있다.

카프카의 작품에서 변신의 강도와 다양성이 증가하는 것은 가령 동물의 크기나 수가 커지는 것으로 나타난다. 예를 들면 「시골 의사」에서는 줄거리가 전개되는 가운데 히힝 하고 우는 말의 숫자가 증가하고, 「굴」에서는 주인공의 상상 속에서 위협적으로 등장하는 동물의 크기가 점점 커진다. 이는 두 작품에서 사건이 진행되는 가운데 주인공의 변신이 점점 강렬하게 이루어지고 있음을 암시한다.

클람의 옷에 대한 묘사를 통해, 이 소설에서 어머니라는 인물을 통해 구현된 가모장적 (무)질서가 결코 성별 간의 투쟁에서 승리한 여성의 지배를 의미하는 것이 아니라, 생성하고 변화하는 존재를 의미한다는 것이 드러난다. 이러한 점에서 프리다가 브뤼켄호프 여관 여주인을 '어머니'라는 호칭으로 부른다는 것이 눈에 띈다. 여관 여주인은 프리다의 실제 어머니가 아니기 때문이다. 하지만 그녀가 어머니라면, 프리다는 자연히 그녀의 아이가 되는데, 이로써 프리다는 작은 클람을 만들어내는, 가모장적 (무)질서의 약화한 형태를 나타낸다.

그 때문에 여관 여주인이 "마치 자신이 직접 말하는 것이 아니라, 단지 프리다에게 자신의 목소리를 빌려주는 것처럼"(88) 행동하는 이유를 이해할 수 있다. 헤카테로서 프리다가 하는 말은 사실은 어머니 여신(위대한 어머니)의 목소리로 소급되기 때문이다. 하지만 브뤼켄호프 여관 여주인은 성의 관청에 속해 있지 않으며, "이곳에서 가장 낮은 등급의 여관 여주인일 뿐이다."(79) 즉 그녀는 어머니 여신의 권력을 잃어버린 것이다. 하지만 그녀는 적어도 중개자 역할을 하는 '다리' 여관의 주인으로서 문턱과 이행의 여신인 헤카테 여신의 지위를 맡는다. 그녀는 어쨌든 "방을 거의 어둠에 잠기게 할 정도로 거대한 인물"(76)인 것이다. 그녀는 프리다와 달리 클람을 단지 세 번 만났을 뿐이며, 그 후로 클람은 그녀를 자신에게 부르지 않는다. 이러한 상태는 가모장적 (무)질서의 약화한 상태를 보여주는데, 지금 산 위의 성을 지배하고 있는 것은 남성 관리들이기 때문이다. 하지만 가모장적 (무)질서가 지닌 권력과 그것의 창조적 힘에 대한 기억은 여전히 살아 있다. 여관 여주인은 세 번 클람의 곁에 있었을 뿐이지만, 그로부터 세 개의 기념품을 받는다. 반면 프리다는 더 오래 클람과 교류했지만 단 하나의 기념품도 가지고 있지 않다.

하지만 프리다도 가모장적 (무)질서의 회복에 이바지해야 한다. 그래서 그녀는 작은 클람, 즉 병든 예레미아스를 돌본다. 또한 가모장적 (무)질서의 회복을 위해 K. 역시 아이나 동물로 변신하며 능동적 역할을 해야 한다. 헤카테(와 작은 클람), K. 그리고 어머니 여신(과 클람)의 복잡한 관계는 옷-모티브를 통해 설명할 수 있다. 이러한 옷 모티브는 『성』뿐만 아니라 카프카의 모든 작품에서 매우 중요한 역할을 한다.

소설 마지막에서 헤렌호프 여관의 여주인은 K.가 복도에 서 있는 바람에 서류 배달이 제대로 이루어지지 않은 것에 불만을 표시한다. 평소에 늘 반항적이었던 K.는 이에 대한 자신의 책임을 인정하고 같은 실수를 되풀이하지 않겠다고 말한다. 이런 화해의 분위기 속에서 이 둘은 옷에 관한 대화를 나눈다. 여관 여주인이 K.에게 자신이 그런 옷을 입은 모습을 본적이 없다고 한 어젯밤 그의 말이 무엇을 의미하는지 묻자, 그는 이렇게 대답한다.

그는 옷에 대해서는 아무것도 아는 바가 없다. 자신과 같은 상황에 있으면 깁지 않은 깨끗한 옷은 모두 값비싼 옷으로 보인다. 그는 어젯밤 복도에서 거의 옷을 입지 않다시피 한 모든 남자 사이에서 여관 여주인이 그렇게 아름다운 이브닝드레스를 입고 나타난 모습을 보고 그저 경탄했을 뿐이며, 그 이상 다른 의미는 없다는 것이다.(490)

K.는 자신이 옷에 대해 아는 바가 전혀 없다면서도, 여관 여주인이 그녀에게 어울리지 않는 옷을 입고 다니며 마을에서 그런 옷을 입고 다니는 사람을 본 적이 없다고 말한다. 그

러면서 그녀의 옷이 꽤 값비싼 천으로 만들어졌음에도 불구하고 구식이라 장식이 많고 여러 번 기워서 그녀에게 어울리지 않는다고 지적한다. 이에 여관 여주인은 자신에게 옷이 아주 많고 아름다운 옷차림을 하는 것이 목표라며, 자신의 옷을 보러 와달라고 K.를 부를지도 모르겠다고 말한다. K.가 재봉에 대해 전혀 아는 바가 없다고 말했음에도 불구하고, 마치 그가 재단사라도 되는 것처럼 그의 도움을 구하는 것이다.

K.는 측량이 무엇인지 묻는 여주인의 질문에 답하지만, 그녀는 그의 설명을 듣고 하품을 할 뿐이다. 그녀는 합리적이고 계산적인 정신을 요구하는 이 일에 무관심을 드러낸다. 그녀가 K.가 진실을 이야기하지 않았다고 말하자, 그는 그녀 역시 진실을 말하지 않고 있다며, 그녀가 원래는 그녀 자신이 내세우는 것처럼 단순한 여관 여주인이 아니라 그 이상의 무엇이라고 응수한다.

그녀가 단순히 여관 여주인이 아니라면 그녀는 대체 무엇일까? 여관 여주인은 자신의 목표가 오로지 '아름다운' 옷을 차려입는 것이라고 말한다. 여기서 그녀가 '아름다움'을 강조하는 것은 "모든 것을 미학으로 환원시켜야 한다"[79]는 니체의 말과 연관 지어볼 수 있다.

미학적인 것과 창조적인 것 사이의 관계는 특히 「시골 의사」에서 잘 나타난다. 시골 의사는 병든 소년을 방문해 그의 오른쪽 옆구리에 나 있는 치료 불가능한 상처를 발견한다. 그런데 소년의 상처는 죽음뿐만 아니라 동물적 생명력과도 연관된다. 어두운 심층 속의 상처로부터 많은 작은 하얀 머리와 다리를 지닌 벌레들이 꿈틀거리며 빛을 향해 나오기 때문이다. 벌레의 이 작은 머리와 다리가 축소형으로 표현되고 상처의 깊숙한 안쪽의 어둠이 자궁과 연관된다면, 이로부터 어머니의 자궁에서 아이를 출산하는 장면을 떠올릴 수 있다.[80] 그런데 이러한 상처는 장밋빛의 꽃 모양을 지니므로 아름다움과도 관련된다. 시골 의사의 또 다른 자아인 소년이 벌레와 어린아이들로 변신할 잠재력을 지니는 것은, 그가 더 이상 손을 사용하는, 즉 도구에 의존하는 인간인 호머 파버가 아님을 보여준다. 왜냐하면 벌레에게는 손이 없기 때문이다. 오히려 그는 선과 악, 진리와 거짓의 피안에서 기존의 가치를 전복하고 벌레나 아이 같은 다양한 주체성들을 창조하는 미학적 인간 내지 삶의 예술가를 나타낸다. 이러한 창조적 삶의 예술가는 모든 것을 미학으로 환원하는 니체의 놀이하는 아이에 상응한다.

K.도 놀이하는 아이로서 모든 것을 미학으로 환원하는데 기여해야 한다. 놀이하는 아이의 창조성은 어머니 여신을 현대적인 방식으로 복원해야 한다. 헤렌호프 여관 여주인과의 대화에서 K.는 자신도 모르게 옛 가모장적 질서의 필연성

을 언급한다.

"이 옷이 어디가 특별하다는 거죠?" "내가 그걸 말하면 화내실 텐데요." "아니에요, 저는 웃어넘길 거예요. 그건 어린애가 하는 소리에 지나지 않을 테니까요. 그러니까 옷이 대체 어떻다는 건가요?" "그게 알고 싶으신 거군요. 그러니까 옷은 좋은 천으로, 꽤 비싼 천으로 만들어졌지만, 구식에 장식이 너무 많고 여러 번 수선해 낡아서 당신의 나이나 몸매나 지위에 어울리지 않아요." (493)

구식에 낡았지만, 원래는 좋은 천으로 만들어진 여주인의 옷은 예전의 가모장적 질서가 처한 현재 상황을 보여준다. 여관 여주인은 K.의 도움으로 아름답게 차려입으려고 하는데, 이는 그녀가 낡은 가모장적 질서를 새로운 방식으로 가모장적 (무)질서로 복원하려는 것으로 해석할 수 있다.

여기서 텍스트Text와 옷감Textil 사이의 유사성에 주목해야 한다. 'Text'는 어원적으로 라틴어 단어 'texere(옷감을 짜다)'에서 유래한다. 여관 여주인이 K.에게 아름다운 옷을 입도록 도와달라고 부탁할 때, 그는 재단사인 동시에 작가가 된다. 이와 관련해 K.의 두 조수가 서로 엉켜 있는 모습이 "커다란 실뭉치ein großes Knäuel"(73)처럼 보이는 것이 눈에 띈다. 작은 클람으로 간주되는 두 조수는 커다란 실뭉치로서 아름다운 옷, 즉 가모장적 (무)질서를 만들기 위한 좋은 천으로 사용될 수 있다. 이러한 옷의 제작은 K., 나아가 카프카의 문학적 글쓰기를 의미하기도 한다.

K.를 클람 및 가모장적 (무)질서와 연결해주어야 할 심부름꾼 바르나바스는 하얗게 보이는 옷을 입고 있는데, 비록 그것이 비단으로 만들어지지는 않았을지라도 비단옷처럼 부드럽고 장중한 모습을 띤다. K.는 바르나바스를 처음에 만났을 때 몸에 착 달라붙는 그의 비단 재킷에 매혹되지만, 바르나바스가 옷의 단추를 풀자 그 안에 회색의 더럽고 여러 겹 기운 셔츠가 나타난다. 이처럼 더럽고 낡은 셔츠는 K.가 바르나바스에게서 받은 첫인상이 환상에 지나지 않음을 폭로한다. 그런데 이 더럽고 여러 겹 기운 옷을 텍스트 쓰기와 연결하면, 이 옷은 전적으로 긍정적인 의미를 획득하며 K.의 글쓰기 모델이 된다. 「시골 의사」에서 무의식적 욕망을 상징하는 마부와 말은 더러운 돼지우리에서 나온다. 따라서 바르나바스가 입고 있는 셔츠의 더러움은 글쓰기의 토대가 되는 무의식적 욕망과 연관된다. 카프카에게 있어 글쓰기는 특정한 의도를 가지고 계획적으로 써나가는 것이 아니라, 충동적인 욕망의 움직임을 따라 써 내려가는 작업이다. 또한 여러 번 기운 옷은 작가의 죽음을 전제하는 상호텍스트성과 연결된다. 상호

텍스트성이란 한 텍스트가 조물주 같은 천재적인 작가가 독창적으로 만들어낸 산물이 아니라, 이미 존재하는 여러 텍스트의 그물망 속에서 생겨난다는 인식을 반영한다. 그 때문에 독창적이고 천재적인 작가는 죽음을 맞게 되는 것이다. 앞에서 K.는 자신은 옷에 대해 잘 모른다며 깁지 않은 깨끗한 옷이 훌륭한 옷 같다며 옷에 대한 소박한 견해를 밝힌다. 하지만 그가 이제 어머니 여신을 상징하는 여관 여주인을 위한 아름다운 옷을 고르면서 아마도 옷에 대한 그의 견해도 바뀌게 될 것이다. 물론 이는 동시에 텍스트에 대한 그의 견해가 바뀔 것을 의미하기도 한다.

젖먹이를 가슴에 안고 팔걸이 의자에 죽은 듯 누워 있는 브룬스비크 부인은 낡은 가모장적 질서의 몰락한 상태를 보여주지만, 채광창으로부터 들어오는 눈에 반사된 희미한 빛은 그녀의 옷에 "마치 비단에서 나온 듯한 광채"(23)를 부여한다. 이처럼 젖먹이 프리다의 어머니인 브룬스비크 부인의 옷에 아름다운 광채를 선사한 것은 눈에 반사된 희미한 빛이다.

이 소설에서 눈은 중요한 의미를 지닌다. K.가 마을에 처음 도착했을 때 마을 전체가 눈 속에 깊이 파묻혀 있었다. 이러한 상황은 소설 마지막까지 변하지 않는다. K.가 봄이 되려면 얼마나 남았는지 묻자, 페피는 이곳은 겨울이 길고 봄과 여름은 한 이틀밖에 안 되는데, 그 이틀조차 아무리 날이 좋아도 가끔 눈이 온다고 말한다. 다시 말해 성이 있는 마을에 눈이 내리지 않는 날은 없는 것이다. 이처럼 눈 속에 파묻힌 마을은 그곳의 암울한 현실 상황을 상징적으로 보여준다. 그런데 소설 처음부터 끝까지 계속 내리는 눈은 내용적 차원을 넘어 텍스트의 형상적 차원에서도 중요한 의미를 지닌다.

카프카는 텍스트를 의미의 복합체로 볼 뿐만 아니라, 시각적으로 인지된 대상으로도 바라보기도 한다. 그래서 그는 자신의 텍스트를 시각적으로 조직한다. 예를 들면 많은 콤마와 세미콜론을 지닌 파편적인 문장들은 텍스트 신체로서 찢긴 신체를 나타내는데, 이는 단일한 정체성의 파괴를 의미할 뿐만 아니라 변신의 전제조건이 되기도 한다. 이런 맥락에서 카프카의 작품에 나타난 사잇공간의 의미에 주목해야 한다.

K.가 마을 주민이나 성의 관리를 만나며 눈 속에 남긴 발자국은 검은 글씨로 된 텍스트를 지시하기도 한다. 물론 텍스트는 검은 글자뿐만 아니라 그 사이에 놓인 하얀 여백이라는 사잇공간으로도 구성된다. 이 소설에서 그것은 문학적으로 하얀 눈으로 형상화된다. 종이 위의 검은 글자는 목적 지향적이고 의식적인 글쓰기와 관련되며 기의를 지시한다. 그것은 상징적 언어질서의 체계이기도 한 가부장적인 성과 관련된다. 반면 눈처럼 하얀 여백은 언어적으로 포착될 수 없어서 쓰이지 않은 무의식의 장소로서 가모장적 (무)질서와 관련

된다. 따라서 독자는 'Schloß'나 'Schoß'의 경우처럼 검은 글자들 사이에 놓인 하얀 여백의 공간으로부터 그 단어들의 보이지 않는 함의를 읽어내며 가부장적 질서 뒤에 숨겨진 가모장적 (무)질서를 발견해야 한다.

카프카는 『성』에서 식자공처럼 검은 글자를 하얀 종이 위에 배치하는 동시에 하얀 여백의 공간을 만들어낸다. 이 공간은 생성에 대한 무의식적 욕망과 변신을 위한 장소로 기능한다. 그 때문에 독자는 텍스트에서 검은 글자뿐만 아니라 눈처럼 하얀 텅 빈 장소에도 관심을 기울여야 한다. 이러한 텅 빈 장소는 절대적인 무의미가 아닌, 생략된 비가시적인 가모장적 (무)질서를 나타낸다. 바로 이곳에서 다양한 의미들이 생겨난다.

카프카는 헤카테 신화로 거슬러 올라감으로써 가모장적 질서를 현대적인 맥락에서 새롭게 해석하고 이로부터 가모장적 (무)질서를 창조한다. 그는 무의식적인 글쓰기를 통해 언어의 상징적 질서에서 빠져나오고, 상호텍스트적인 글쓰기를 통해 작가의 죽음을 선언하기도 한다. 이를 통해 그는 가부장적 질서를 극복하고 젊은 헤카테 여신의 세계에서 (질병으로부터 회복된) 어머니 여신의 세계로 이행하려고 하는 것이다.

4장

결론:
잘라내기와 주름 접기의 글쓰기

2024년 5월에 『카프카 코드』라는 카프카 연구서를 출간했다. 학교 동료 한 분은 제목을 듣더니 혹시 『다빈치 코드』(2003)라는 책에서 제목을 따온 것인지 물었다. 『다빈치 코드』는 오래전에 유행했던 댄 브라운의 추리소설이다. 물론 책 제목을 정하면서 '다빈치 코드'라는 책 제목이 떠올랐던 것은 사실이지만, 정확히 말하면 '다빈치 코드'라는 제목을 모방해 책 제목을 정한 것이 아니라, 그 제목이 연상됨에도 '불구하고' 그 제목을 정한 것이다. 다시 말해 이 책 제목은 '다빈치 코드'와는 전혀 무관하다.

나는 책 제목을 정하는 데 신경을 많이 쓰는 편이다. 제목은 그 책의 얼굴이라고 생각하기 때문이다. 언뜻 보면 '카프카 코드'라는 제목은 수수께끼 같은 카프카의 작품을 이해하기 위한 열쇠라는 의미를 지닌다. 실제로 이 책에서 아이, 동물, 어머니라는 세 가지 키워드로 카프카의 작품을 새롭게 읽으려고 시도했다.

하지만 제목을 '카프카 코드'라고 정한 이유는 이 때문만은 아니다. 사실 이 제목을 정한 가장 직접적인 이유는 다와다 요코의 희곡 제목인 '카프카 카이코쿠'와 관련이 있다. 카프카와 카이코쿠, 즉 '開國'이라는 단어 사이에는 적어도 직접적으로는 아무런 연관이 없다. 하지만 이러한 전혀 상관없는 단어들의 조합은 낯설면서도 무언가 새로운 인식을 만들어 낸다. 일본이 낯선 외국에 문호를 개방한 역사적 배경과 낯선 존재로 변신한 카프카의 소설 주인공 그레고르 사이에 과연 어떤 연관이 있는지는 독자 스스로 밝혀내야 한다. 마찬가지로 이 책에서도 카프카의 작품과 언뜻 중요해 보이지 않는 코드들 사이에 어떤 연관성이 있는지 밝혀내려 한다.

하지만 이를 통해 책 제목을 '카프카 코드'로 정한 이유가 완전히 밝혀진 것은 아니다. 사실 정확히 말하면, 책 제목을 이렇게 정한 데는 전혀 다른 이유가 있다. 그것은 '카프카 카이코쿠'라는 다와다 요코의 책 제목과 연관이 있지만, 이는 의미적인 차원이 아니라 음성적 차원에서 그러하다. 다와다 요코 책 제목처럼, 이 책도 'ㅋ'이 반복되는 제목으로 정하고 싶었다. 이 책의 부제가 '카프카 해석의 코페르니쿠스적 전환'

인 것도 이와 무관하지 않다. 물론 이 부제는 이 책이 기존의 해석과 완전히 상반되는 또 다른 해석을 보여준다는 의미를 지니지만, 이러한 부제를 정한 더 심층적 의도는 이러한 의미적 차원이 아니라 음성적 차원에 있다. 이 부제는 'ㅋ'이라는 단어가 네 번이나 반복되었기 때문에 매력적으로 느껴졌던 것이다.

그렇다면 왜 이렇게 'ㅋ'에 집착한 것인가? 'ㅋ'을 독일어로 옮기면 K다. 위의 제목과 부제에 나오는 단어들, 즉 두 번의 카프카라는 단어와 코드 그리고 코페르니쿠스라는 단어에는 모두 K가 들어 있다. 물론 코드를 C로 시작되는 Code로 생각할 수 있지만, 독일어로 같은 의미의 Kode라는 단어도 있다. 'K.'는 카프카의 대표적인 장편소설인 『성』과 『소송』에 등장하는 주인공의 성이다. 이는 K.가 성의 머리글자며 그 뒤에 성의 나머지 부분이 생략되어 있음을 보여준다.

앞의 장들에서 언급한 바 있지만, 카프카의 작품에서 이름은 대단히 중요하다. 그의 소설에 나타난 이름에 관한 연구만으로도 책을 한 권 낼 수 있을지도 모른다. 『성』에 관한 기존의 연구도 주인공 K.의 이름에 대한 다양한 해석을 내놓았지만, 중요한 두 가지 측면을 간과했다.

첫 번째로 K.라는 인물이 제대로 된 성으로 불리지 않는다는 점은 그의 불안정한 사회적 지위와 침해된 사회적, 법적 권리를 보여준다. 이 소설에서 아말리아가 성 관리 소르티니의 모욕적인 편지를 받고 그의 부름에 응답하지 않음으로써 그녀의 집안은 몰락한다. 그 이후 마을 사람들은 그녀의 가족을 더는 성으로 부르지 않는데, 이는 이들이 사회적 인정을 박탈당했음을 의미한다. K. 역시 온전한 성으로 불리지 않고 K.로만 불릴 뿐이다. 이때 독일어로 표기된 'K.'에서 온점은 그의 성의 잘려나간 부분을 표시한다. 이처럼 성의 일부를 잘라낸 것은, 곧 K.가 사회적으로 제대로 인정받지 못하고 그의 권리가 제약받거나 침해되고 있음을 텍스트의 형상적 차원에서 보여준다. 비단 K.만이 아니다. 『변신』에서도 초반에는 가족이 아직 벌레로 변한 그레고르의 모습을 목격하기 전에 그를 '그레고르'라는 이름으로 부르지만, 그 이후 점점 그를 이름으로 호명하지 않게 되며 나중에는 그에게서 인간의 지위를 박탈하며 '그것'으로 지칭한다. 여기서는 성의 일부분이 잘려나간 것이 아니라 이름 전체가 잘려나간다. 이처럼 이름을 잘라냄으로써 주인공의 정체성은 파괴되고 그는 더 이상 인간의 지위를 갖지 못하며 동물적인 지위로 전락한다.

이름의 예에서 살펴본 이러한 '잘라내기'는 카프카 글쓰기의 중요한 한 축을 이룬다. 소설 주인공들은 가부장적인 권력에 의해 자신의 신체뿐만 아니라 자신의 이름까지 훼손당한다. 이러한 이름의 잘라냄은 가부장적인 사회의 폭력과 이로 인한 인간의 권리와 인격의 상실을 보여준다. 이런 의미에서 카프카의 글쓰기를 '잘라내기의 글쓰기'라고 부를 수 있을 것이다.

　두 번째로 K.가 온전한 성으로 불리지 않는 데는 첫 번째 이유와 상반되는 또 다른 의미가 숨어 있다. K 다음에 오는 온점은 무언가가 생략되어 있음을 시각적으로 보여준다. 그렇다면 K.라는 머리글자에 뒤따라와야 할 글자는 무엇일까? 이미 앞에서 이야기했듯이, 그것은 Lamm이다. K.가 그렇게 만나고 싶어 했던 성의 고위관리 이름은 '클람Klamm'이다. K.는 그를 만나기 위해 마을에서 멀리 떨어진, 높은 곳에 있는 성으로 가야 한다고 생각하지만, 사실 그를 만나기 위해 그곳으로 갈 필요는 없다. 성은 도처에 있으므로 클람도 어디서나 만날 수 있기 때문이다. 다만 이때 유의할 것은 클람은 K.의 또 다른 숨겨진 자아이며, 그를 만나려면 K.가 그로 변신해야 한다는 것이다. Klamm이라는 성에는 K.가 들어 있다. 따라서 Klamm은 K.를 내포하지만 동시에 Lamm을 내포하기도 한다. Lamm은 우리말로 '어린 양'을 의미한다. 카프카의 소설을 이해하기 위해 필요한 세 가지 핵심 키워드는 아이, 동물, 어머니다. '어린 양'이라는 단어에는 '아이'와 '동물'의 의미가 들어 있다. 하지만 이 단어는 또한 어머니와도 연관이 있다. 왜냐하면 '어린 양'은 헤카테 여신에게 바치는 제물인데, 이 여신은 소아시아에서 유래했으며 근원적으로는 '위대한 어머니' 여신으로 거슬러 올라가기 때문이다. 따라서 'K.'가 클람을 만나기 위해서는 가부장적 질서에서 가모장적 (무)질서로 이행해야 하며, 이를 위해 아이와 동물로 변신해야 한다. 그래야 그는 Klamm이 될 수 있는 것이다.

이처럼 'K.'라는 단어에는 'Lamm'이라는 단어가 생략되어 있다. 이와 관련해 나는 카프카의 글쓰기를 '주름 접기'의 글쓰기라고 부르고 싶다. 보통 '주름을 잡는다'라고 말하지만, 잘못 사용되었을지도 모를 이 표현은 그럴수록 카프카의 비밀스러운 글쓰기를 표현하는 데 더 적합하다. 다와다 요코는 글쓰기가 세계를 해명하는 것이 아니라 비밀을 만들어내는 것이라고 보았다. 물론 글자들은 무언가를 지시하며 세계에 대해 해명하는 듯 보이지만, 글자들 사이에 존재하는 하얀 여백에는 의식적인 글쓰기에서 억압된 무의식이 숨겨져 있다. 카프카의 글쓰기도 이와 유사하다. 카프카는 글자를 하나씩 쓸 때마다 이와 동시에 글자를 안으로 접어 주름을 만들어낸다. 그리고 그러한 주름 안에 글자로 지시되지 않는 무의식의 내용이 접혀 들어간다. 그래서 보이는 글자가 지시하는 세계와 그러한 글자 안으로 접혀 들어간 주름 속에 숨겨진 보이지 않는 또 다른 세계가 공존하는 것이다. K.라는 글자에서 온 점 안으로 'Lamm'이라는 글자가 접혀 들어가 있다. 그리고 그렇게 접혀 들어간 내용은 변신 및 가모장적 (무)질서와 관련이 있다. 또 다른 예로 'Schoß'라는 독일어 단어를 들 수 있다. 이 단어는 카프카의 소설에서 빈번히 등장하는데, 사용될 때마다 다르게 번역된다. 그것은 보통 '무릎', '품' 등으로 번역되지만, 클람이 입은 연미복에서는 '옷자락'을 의미하기도 한다. 하지만 이처럼 드러난 의미 외에 'Schoß'라는 단어에는 그 안으로 말려 들어간 또 다른 단어와 의미가 숨어 있다. 그것은 바로 '어머니Mutter'라는 단어다. 독일어 단어 'Mutterschoß'는 우리말로 자궁을 의미한다. 자궁은 카프카의 작품에서 자기 자신의 단일한 정체성을 파괴하고 변신을 통해 새로운 주체성을 만들어내는 장소를 의미한다. 그것은 끊임없이 생성하고 변하는 가모장적 (무)질서를 가리킨다. 따라서 'Schoß'라는 단어에도 가모장적 (무)질서를 의미하는 단어가 접혀 들어가 있는 것이다. 이러한 의미에서 카프카의 글쓰기는 주름 접기의 글쓰기라고 할 수 있다. 그 때문에 카프카 해석자는 이처럼 주름 속으로 접혀 들어간 부분을 다시 펼쳐내는 임무를 맡게 된다.

카프카는 일기에 이렇게 썼다. "멋진 삶이 누구에게나 항상 아주 충만하게 준비되어 있지만, 깊숙한 곳에서 멀리 떨어져 보이지 않게 가려져 있다고 생각하기 쉽다. 하지만 그것은 거기에 있으며, 적의도 반감도 없고 귀 기울일 줄 안다. 제

대로 된 말, 제대로 된 이름으로 부르면 그것은 올 것이다. 그
것이 창조하지 않고 부르는 마법의 본질이다."[81] 카프카의 소
설에서 성은 다가갈 수 없을 정도로 멀리 떨어져 있고 어둠과
안개에 가려져 보이지 않는다. 하지만 그것은 제대로 된 말,
제대로 된 이름을 불러주면 다가온다. 주름으로 접혀 들어가
있는 말, 즉 제대로 된 이름을 부르면 그것은 다가올 것이다.
즉 K.를 '클람Klamm'이라고 부르고 그 안에 있는 동물적 속성
을 불러내며 그를 '어린 양Lamm'으로 변신시킨다면, 이러한 마
술은 항상 누구에게나 충만한 모습으로 준비된 멋진 삶을 펼
치게 해줄 것이다.

　　나는 다와다 요코를 통해 책은 표지부터 읽어야 한다는
것을 배웠다. 그래서 『카프카 코드』라는 책을 쓸 때 표지에서
부터 글을 써 내려가야겠다고 생각했다. 『카프카 코드』의 표
지에는 제목뿐만 아니라 사진도 등장한다. 모피코트를 입은
젊은 여인의 사진이다. 이 이미지는 출판사에서 골랐지만, 책
표지 사진과 관련된 요구 사항은 내가 직접 출판사에 전달했
다. 그러면서 이 책의 표지에 절대 카프카의 사진을 쓰지 말
도록 했고, 페터 바이벨과 발리 엑스포르트의 〈개가 되는 것
의 포트폴리오에서Aus der Mappe der Hundigkeit〉(1968)의 사진을 단
순화시킨 그림이나 아니면 『변신』에 나오는 것과 유사한 모
피코트 입은 여인의 사진을 표지로 만들어달라고 부탁했다.

그렇게 해서 제시된 세 가지 시안 중 하나를 고른 것이 바로 빨간 바탕에 등장하는 모피 외투를 입은 젊은 여인 사진이다.

모피 외투를 입은 여성은 자허마조흐의 소설과 연관이 있다. 들뢰즈는 자허마조흐의 소설에 등장하는 이 여성이 채찍으로 남성을 때리는 것을 가부장적인 질서와 법의 파괴로 해석했다. 카프카 역시 이러한 맥락에서 모피 외투를 입은 인물을 빈번히 자신의 작품에 등장시킨다.

그런데 모피 외투를 입은 이 여성의 이미지 역시 잘라내기의 글쓰기와 주름 접기의 글쓰기의 양면성을 반영한다. 이 사진에는 여성의 얼굴 중 절반만 나온다. 다시 말해 절반의 얼굴은 잘려나간 것이다. 사진에는 여성과 동물의 털만이 남아 있다. 그렇다면 잘려나간 반쪽 얼굴은 누구일까? 그것은 바로 K.다. 『성』의 남자 주인공은 인격을 상실하고 권리를 침해당하며 이름이 잘려나간다. 그는 거세되어 여성적 지위에 놓이고 동물처럼 비천한 존재가 된다. 하지만 이 사진을 'ㅋ', 즉 'K.'가 반복해서 등장하는 텍스트와의 관계 속에서 해석할 수도 있다. 텍스트와 이미지의 관계에서 텍스트가 의식적인 층위와 연관이 있다면, 이미지는 무의식적 층위와 관련된다. 제목과 부제가 카프카 또는 K.를 가리킨다면, 이미지로 표현된 무의식적 심층에는 가모장적 (무)질서와 동물로의 변신이 숨겨져 있다. 이 책 표지사진은 글자로 지시할 수 없어 주름 속으로 접혀 들어간 부분을 이미지로 펼쳐낸다.

　원래는 이 책의 4장을 쓸 계획이 없었다. 이 장을 쓰게 된 계기는 내가 소속되어 있는 서울대학교 독일어 문화권 연구소에서 『카프카 코드』라는 저서를 소개하도록 발표할 기회를 주었기 때문이다. 발표를 준비하면서 이미 책을 읽은 사람도 있을 것이라는 생각이 들어 책의 내용을 그대로 반복하지 않는 것이 좋겠다는 생각이 들었다. 다른 한편 책을 읽은 사람이 읽지 않은 부분, 즉 표지를 설명함으로써 이 책에 대한 새로운 이해를 가져다줄 수 있을 것도 같았다. 책 표지에 쓰인 제목은 이 책에서 말하려는 바를 알려주는 것처럼 보였지만, 사실은 이와 동시에 글쓰기를 통해 비밀을 만들어내면서 제목 속에 주름을 만들고 그 안에 숨겨진 함의를 접어 넣었기 때문이다.

　『카프카 코드』의 표지에는 『성』에 관한 해석이 많이 주름 잡혀 안으로 들어가 있다. 특히 'ㅋ', 즉 'K.'의 이름과 관련된 성찰들은 모두 『성』에 관한 해석에서 비롯된 것이다. 그래서 『카프카 코드』에서 다룬 여덟 편의 카프카 작품 중에 적어도 표면적으로는 『성』이 들어 있지 않지만, 사실은 주름 접기의 글쓰기를 통해 표지 속에 그 해석이 들어 있다. 반대로 이번에 출간된 『성』에 관한 이 해설서에서는 앞의 책에 주름으로 접혀 들어간 것을 펼쳐내려고 시도했다. 특히 3장의 내용은 선행 저서와 이런 점에서 공통점이 많다. 다만 헤카테를 암시하는 젊은 여성 인물들과 어머니의 관계에 대한 설명은 『카프카 코드』에서 미처 충분히 설명하지 못한 부분들이다. 나아가 이 책은 카프카의 주름 접기의 글쓰기만 분석한 것이 아니라 잘라내기의 글쓰기도 함께 살펴보고 있다는 점에서 특별하다. 『카프카 코드』가 카프카 해석의 새로운 해석 영토를 발견하는 데 치중했다면, 이 책은 카프카 작품의 야누스적인 두 얼굴을 동시에 보여주려 했다는 점에서 의미가 있다. 가부장적인 권력 비판과 가모장적인 (무)질서의 긍정을 동시에 보여주는 해석은 카프카 연구에서는 처음 있는 일이기 때문이다.

이 책은 분명 쉬운 내용을 다루지 않는다. 카프카처럼 비밀을 만드는 글쓰기를 하는 사람을 쉽게 이해하는 것은 불가능하다. 그러한 사유를 뒤쫓아가려면 작은 것도 정교하게 붙잡고 늘어지는 섬세함이 필요하다. 이런 의미에서 이 책은 분명 단순한 교양서적이 아니다. 하지만 교양서적의 탈을 쓰고 전문서적의 높은 지적 요구를 충족시키고 싶었다. 세부적인 사항에 대한 분석을 포기하고 섣부른 일반화를 하는 해석은 카프카의 작품에 대한 이해를 더 어렵게 할 것이다. 다른 작품에는 유효할지 모르는 그러한 교양서적 방식의 접근은 카프카의 이해를 더 힘들게 만들 뿐이며, 역설적으로 교양서적의 책무를 다하지 못할 것이다. 그렇게 되면 독자들은 섬뜩하고 비밀스러운 카프카 텍스트를 '카프카스럽다*kafkaesk*'라고 부르며 그저 그것을 이해할 수 없다는 데 만족하고 말 것이다. 그래서 이 책에서는 좀 더 어렵고 힘든 과정을 거쳐서라도 카프카를 더 분명하게 잘 이해할 수 있게 만들려고 노력했다. 부디 그러한 시도가 조금이라도 성공을 거두었기를 바라는 마음이다.

주

1 Monika Schmitz-Emans, *Franz Kafka: Epoche-Werk-Wirkung*, München 2010, 136쪽 및 Waldemar Fromm, Das Schloss. In: Manfred Engel, Bernd Auerochs(Hrsg.): *Kafka Handbuch: Leben-Werk-Wirkung*, Stuttgart 2010, 302쪽 참조.

2 Fromm, Das Schloss, 302-303쪽 참조.

3 Ritchie Robertson, *Kafka: Judentum Gesellschaft Literatur*, Stuttgart 1988, 307쪽.

4 Franz Kafka, *Das Schloß*, hrsg. v. Malcolm Pasley. Frankfurt a. M. 2002(이하 본문에서 쪽수로 표기), 7쪽.

5 슈미츠에만스도 이 소설 시작 부분에서 K.가 다리 위에 서 있다든지 잠 듦과 깨어 있음 사이의 몽롱한 상태에 있음을 강조하며, 이를 이행과 정과 연결시켜 설명한다. Schmitz-Emans, *Franz Kafka*, 134-135쪽 참조. 야라우스도 K.가 서 있는 다리를 그가 이전에 있던 장소에서 현재 의 장소로 넘어오는 이행을 지시하는 것으로 해석한다. Oliver Jahraus, *Kafka: Leben, Schreiben, Machtapparate*, Stuttgart 2014, 402쪽 참조.

6 "성은 명확한 의미를 지닌 암호가 아니라, 끊임없이 옮겨지고 변화하는 정교하게 짜여진 의미들의 조직이다." Peter-André Alt, *Franz Kafka: Der ewige Sohn*, München 2018, 599쪽.

7 박은주, 「『성』의 지형학: 카프카의 『성』에 나타난 경계 및 공간 구상」, 『카프카 연구 34집』, 2015, 11쪽 참조.

8 이와 관련해 헤겔은 다음과 같이 말한다. "인간은 필연적으로 인정받으

며, 필연적으로 인정하는 존재이다. 이러한 필연성은 인간 본유의 것이며, 내용과 대립하는 우리의 사고의 필연성이 아니다. 인간 자체는 인정 행위로서의 운동이며, 이러한 운동이 바로 인간의 자연 상태를 극복한다. 즉 인간은 인정 행위다." 악셀 호네트, 『인정투쟁: 사회적 갈등의 도덕적 형식론』, 문성훈, 이현재 옮김, 사월의책 2017, 97쪽 재인용.

9 호네트, 『인정투쟁』, 186-188쪽 및 234쪽 참조.

10 같은 책, 211쪽.

11 같은 책, 213쪽.

12 비슷한 맥락에서 야라우스도 K.가 마을에 통합되고 사회적 인정을 받으려면 마을 사람들의 인정이 아닌 성의 인정을 받아야 하며, K.도 처음부터 이를 인식하고 있다고 주장한다. Jahraus, *Kafka*, 415쪽 이하 참조.

13 이주동, 『카프카 평전』, 소나무 2012, 742-743쪽 참조.

14 여기서 1인칭 서술 형식과 3인칭 서술 형식은 서술자가 각각 1인칭과 3인칭으로 등장한다는 의미가 아니라, 서술되는 대상이 1인칭을 포함하는지 아니면 3인칭으로만 등장하는지를 의미한다. 왜냐하면 서술자, 즉 이야기하는 사람은 항상 1인칭인 '나'일 수밖에 없기 때문이다.

15 독일 작가인 제발트는 이 소설에서 바르나바스 가족이 자신이 살던 땅에서 쫓겨난 유대민족을 상징한다며, 이들 가족이 마을 공동체에서 배척되고 마을 주민들의 멸시를 받는 것을 반유대주의와 연결한다. W. G. Sebald, *Unheimliche Heimat: Essays zur österreichischen Literatur*, Frankfurt a. M. 2012, 98쪽 참조.

16 Franz Kafka, *Der Proceß*, hrsg. v. Malcolm Pasley, Frankfurt a. M. 2002, 312쪽.

17 Michael Müller, Das Schloß. In: ders. (Hrsg.): *Interpretationen: Franz Kafka. Romane und Erzählungen*, Stuttgart 2015, 269쪽 참조.

18 이주동에 따르면, 카프카는 결혼과 직업 같은 일상적인 삶에 안주하지

않고 그로부터 끊임없이 벗어나려고 투쟁했으며, 작가로서 사회 안에
서 예외적인 지위를 잃지 않으려고 했다. 이주동, 『카프카 평전』, 748쪽
참조.

19 Sebald, *Unheimliche Heimat*, 92쪽 참조.

20 Robertson, *Kafka*, 297쪽 참조.

21 같은 책, 302-305쪽 참조.

22 Fromm, Das Schloss, 310쪽.

23 Jahraus, *Kafka*, 422-423쪽 참조.

24 Franz Kafka, *Das Schloss*, München 1926, 495-496쪽(막스 브로트의 후기)
   참조.

25 Jahraus, *Kafka*, 422쪽 참조.

26 Robertson, *Kafka*, 322쪽과 Alt, *Franz Kafka*, 619쪽 참조.

27 Robertson, *Kafka*, 339쪽 참조.

28 조금 단순화해서 설명하면, 가령 우리는 책상을 의자나 기타 가구와 구
   별하고, 책상 고유의 정체성을 부여하며, 그것을 책상으로 부른다. 그런
   데 사실 책상은 그것이 다른 요소들과 어떻게 배치되느냐에 따라 매번
   다른 의미를 부여받는다. 예를 들어 '책상'이라고 부르는 것 위에 도시
   락을 놓고 밥을 먹으면 그것은 식탁이 되고, 거기에 줄을 긋고 탁구채로
   탁구를 하면 미니 탁구대가 된다. 이처럼 '책상'은 사실은 무한히 변화하
   고 스스로를 생성하는 잠재력을 지니고 있으며 그 자체로 파악할 수 없
   는 무질서한 카오스의 존재다. 다른 한편 그것은 매번 여러 요소의 배치
   를 통해 특정한 질서를 띠게 되고, 잠재적 층위에서 현실적 층위로 치솟
   으며 사건이 되어 각각 '책상', '식탁', '탁구대' 등의 의미를 얻게 된다.

29 Gilles Deleuze, Félix Guattari, *Tausend Plateaus*, Berlin 1992, 324쪽.

30 Müller, Das Schloß, 265-269쪽과 Alt, *Franz Kafka*, 618쪽 참조.

31 Johann Christoph Adelung, Grammatisch-kritisches Wörterbuch

der Hochdeutschen Mundart. In: https://woerterbuchnetz.de/?sigle=
Adelung&lemid=B04601 (2023.11.16.)

32 Roger Caillois, *Die Spiele und die Menschen*, Berlin 2017, 46쪽 참조.

33 Kafka, Die Verwandlung. In: *Drucke zu Lebzeiten*, hrsg. v. Wolf Kittler,
Hans-Gerd Koch, Gerhard Neumann, Frankfurt a. M. 2002, 123쪽.

34 원문에 나오는 'Schloss'라는 독일어 단어는 여기서는 자물쇠통이 겉으
로 드러나 있지 않고 열쇠 구멍만 밖으로 나와 있는 '은혈 자물쇠'를 가
리키지만, 좀 더 이해하기 쉽게 '열쇠 구멍'으로 번역했다.

35 Kafka, *Die Verwandlung*, 133쪽.

36 그레고르 잠자의 놀이와 아이-되기에 관한 위의 해석은 다음의 논문을
참조한 것이다. 정항균, 「카프카의 「변신」에 나타난 가모장적 질서와
아이-되기」, 『독일현대문학 59호』, 2022, 93-94쪽.

37 Peter Knötzele, *Der Hund ist des Thrones wert: Kulturgeschichte des Hundes
– von den Anfängen durch die Antike bis ins Mittelalter*, Reutlingen 2013,
69쪽.

38 샤머니즘적 제의에서 "샤먼은 동물의 울음소리를 내거나 자신이 불러
내고자 하는 동물 보조령의 동작을 따라 한다. 그러면 그는 점차 자신
의 동물 보조령으로 '변신한다.'"(Kurt Druckenthaner, Kafka als Schamane. In:
Michael Aichmayr, Friedrich Buchmayr(Hrsg.), *Im Labyrinth. Texte zu Kafka*, Stuttgart
1997, 73쪽) 카프카의 작품에서도 이와 유사하게 소설 인물이 동물의 소리
를 내거나 동작을 따라 하며 동물-되기를 수행한다.

39 초창기 델피의 사제들은 헤카테를 말과 개, 사자의 세 얼굴을 지닌 괴
물로 묘사했다. Thomas Lautwein, *Hekate: Die dunkle Göttin. Geschichte
und Gegenwart*, Rudolstadt 2009, 317쪽 참조.

40 정항균, 『카프카 코드: 카프카 해석의 코페르니쿠스적 전환』, 서울대학
교출판문화원 2024, 324-326쪽 참조.

232

41 Knötzele, *Der Hund ist des Thrones wert*, 71쪽.

42 Lautwein, *Hekate*, 59쪽과 61-63쪽 참조.

43 Herbert Hunger, *Lexikon der griechischen und römischen Mythologie*, Reinbek bei Hamburg 1981, 150쪽.

44 Fromm, Das Schloss, 302쪽 참조.

45 Harry Merkle, *Die künstlichen Blinden: Blinde Figuren in Texten sehender Autoren*, Würzburg 2000, 82-90쪽 참조.

46 Schmitz-Emans, *Franz Kafka*, 149쪽 참조.

47 Michael Schreiber, *"Ihr sollt euch kein Bild – ⋯" Untersuchungen zur Denkform der negativen Theologie im Werk Franz Kafkas*, Frankfurt a. M. 1986, 167쪽 참조.

48 Claus Liebrand, Die Herren im Schloß: Zur De-Figuration des Männlichen in Kafkas Roman. In: *Jahrbuch der Deutschen Schillergesellschaft 42(1998)*, 322쪽 참조.

49 Lautwein, *Hekate*, 94, 131, 347쪽 참조.

50 Hunger, *Lexikon der griechischen und römischen Mythologie*, 177쪽 참조.

51 Lautwein, *Hekate*, 227쪽.

52 같은 책, 224쪽 참조.

53 같은 책, 226쪽과 228쪽 참조.

54 Karl Preisendanz(Hrsg.), *Papyri graecae magicae: Die griechischen Zauberpapyri*, Bd. III, Leipzig u. Berlin 1928-1931, 47쪽.

55 같은 책, 228쪽.

56 Liebrand, Die Herren im Schloß, 318-320쪽 참조.

57 Liebrand, 같은 글, 312-313쪽 참조.

58 Franz Kafka, *Tagebücher*, hrsg. v. Hans-Gerd Koch, Michael Müller, Malcolm Pasley, Frankfurt a. M. 2002, 892쪽.

59   Kafka, Das Urteil. In: *Drucke zu Lebzeiten*, 60쪽.

60   Kafka, *Tagebücher*, 899쪽.

61   Robertson, *Kafka*, 340쪽 참조.

62   바로 다음 단락에서 K.가 왜 하인인 될 수 있는지를 설명한다.

63   정항균, 『카프카 코드: 카프카 해석의 코페르니쿠스적 전환』, 서울대학
      교출판문화원 2024, 140-142쪽 참조.

64   채찍질이 가부장 사회에 대한 공격을 의미한다는 것은 바르나바스의 아
      버지가 성의 관리를 만나기 위해 기다리면서 겪은 이야기에서도 드러난
      다. 그는 성의 관리를 만나기 위해 길에서 기다리고 있었는데, 어느 마
      부가 그를 알아보고 장난으로 가지고 있던 채찍으로 가볍게 때린다. 물
      론 이는 표면적으로는 마부가 바르나바스의 아버지에게 친근감의 표시
      로 장난을 친 것으로 볼 수 있지만, 소방 축제에서 가부장적인 모습을
      보였던 그가 가모장적인 사회와 연관된 마부의 채찍을 맞는 것이기 때
      문에 가부장적 질서에 대한 공격을 의미하는 것으로도 해석할 수 있다.

65   C. G. Jung, *Symbole der Wandlung: Gesammelte Werke V*, Olten 1973,
      353쪽.

66   Lautwein, *Hekate*, 217쪽.

67   같은 책, 317쪽.

68   정항균, 『카프카 코드』, 24-25쪽 참조.

69   Carl Schmitt, *Der Nomos der Erde im Völkerrecht des Jus Publicum
      Europaeum*, Berlin 2011, 18쪽과 39-40쪽 참조.

70   Kafka, In der Strafkolonie. In: *Drucke zu Lebzeiten*, 210쪽.

71   Pierre Clastre, *Archäologie der Gewalt*, Zürich u. Berlin 2008, 59쪽 이하
      참조.

72   Mircea Eliade, *Schamanismus und archaische Ekstasetechnik*, Frankfurt a.
      M. 2016, 65쪽 참조.

73   같은 책, 75쪽.

74   Robertson, *Kafka*, 302쪽 그리고 Fromm, Das Schloss, 309쪽 참조.

75   Jahraus, *Kafka*, 413쪽 참조.

76   Friedrich Schröder, *Die weiße Schlange: Annäherung an ein Ursymbol in einem Märchen der Gebrüder Grimm*, Stuttgart 2013, 60쪽 참조.

77   Druckenthaner, *Kafka als Schamane*, 72쪽 참조.

78   Eliade, *Schamanismus und archaische Ekstasetechnik*, 237쪽 참조.

79   Friedrich Nietzsche, *Nachgelassene Fragmente*, Stuttgart 1996, 87쪽.

80   정항균, 『카프카 코드』, 142쪽 참조.

81   Kafka, *Tagebücher*, 866쪽.

참고문헌 ✕

박은주, 「『성』의 지형학: 카프카의 『성』에 나타난 경계 및 공간 구상」,
    『카프카 연구』 34집, 2015.

이주동, 『카프카 평전: 실존과 구원의 글쓰기』, 소나무 2012.

정항균, 『카프카 코드: 카프카 해석의 코페르니쿠스적 전환』, 서울대
    학교출판문화원 2024.

호네트, 악셀, 『인정투쟁: 사회적 갈등의 도덕적 형식론』, 문성훈, 이
    현재 옮김, 사월의책 2017.

Alt, Peter-André, *Franz Kafka: Der ewige Sohn*, München 2018.

Caillois, Roger, *Die Spiele und die Menschen*, Berlin 2017.

Clastre, Pierre, *Archäologie der Gewalt*, Zürich u. Berlin 2008.

Deleuze, Gilles, Guattari, Félix, *Tausend Plateaus*, Berlin 1992.

Druckenthaner, Kurt, Kafka als Schamane. In: Michael Aichmayr,
    Friedrich Buchmayr(Hrsg.): *Im Labyrinth. Texte zu Kafka*,
    Stuttgart 1997.

Eliade, Mircea, *Schamanismus und archaische Ekstasetechnik*, Frankfurt

a. M. 2016.

Fromm, Waldemar, Das Schloss. In: Manfred Engel, Bernd Auerochs
(Hrsg.): *Kafka Handbuch: Leben-Werk-Wirkung*, Stuttgart 2010.

Hunger, Herbert, *Lexikon der griechischen und römischen Mythologie*,
Reinbek bei Hamburg 1981.

Jahraus, Oliver, *Kafka: Leben, Schreiben, Machtapparate*, Stuttgart
2014.

Jung, C. G., *Symbole der Wandlung. Gesammelte Werke V*, Olten 1973.

Kafka, Franz, *Das Schloß*, hrsg. v. Malcolm Pasley, Frankfurt a. M.
2002.

__________, *Das Schloss*, München 1926.

__________, Das Urteil. In: *Drucke zu Lebzeiten*, hrsg. v. Wolf Kittler,
Hans-Gerd Koch, Gerhard Neumann, Frankfurt a. M. 2002.

__________, *Der Proceß*, hrsg. v. Malcolm Pasley, Frankfurt a. M.
2002.

__________, Die Verwandlung. In: *Drucke zu Lebzeiten*, hrsg. v. Wolf
Kittler, Hans-Gerd Koch, Gerhard Neumann, Frankfurt a.
M. 2002.

__________, In der Strafkolonie. In: *Drucke zu Lebzeiten*, hrsg. v. Wolf
Kittler, Hans-Gerd Koch, Gerhard Neumann, Frankfurt a. M.
2002.

__________, *Tagebücher*, hrsg. v. Hans-Gerd Koch, Michael Müller,

Malcolm Pasley, Frankfurt a. M. 2002.

Knötzele, Peter, *Der Hund ist des Thrones wert: Kulturgeschichte des Hundes–von den Anfängen durch die Antike bis ins Mittelalter*, Reutlingen 2013.

Lautwein, Thomas, *Hekate: Die dunkle Göttin*, Rudolstadt 2009.

Liebrand, Claus, Die Herren im Schloß: Zur De–Figuration des Männlichen in Kafkas Roman. In: *Jahrbuch der Deutschen Schillergesellschaft* 42(1998).

Merkle, Harry, *Die künstlichen Blinden: Blinde Figuren in Texten sehender Autoren*, Würzburg 2000.

Müller, Michael, Das Schloß. In: ders.(Hrsg.): *Interpretationen. Franz Kafka: Romane und Erzählungen*, Stuttgart 2015.

Nietzsche, Friedrich, *Nachgelassene Fragmente*, Stuttgart 1996.

Robertson, Ritchie, *Kafka: Judentum Gesellschaft Literatur*, Stuttgart 1988.

Schmitt, Carl, *Der Nomos der Erde im Völkerrecht des Jus Publicum Europaem*, Berlin 2011.

Schmitz–Emans, Monika, *Franz Kafka: Epoche–Werk–Wirkung*, München 2010.

Schreiber, Michael, "*Ihr sollt euch kein Bild – ⋯*" *Untersuchungen zur Denkform der negativen Theologie im Werk Franz Kafkas*, Frankfurt a. M. 1986.

Schröder, Friedrich, *Die weiße Schlange: Annäherung an ein Ursymbol in einem Märchen der Gebrüder Grimm*, Stuttgart 2013.

Sebald, W. G., *Unheimliche Heimat: Essays zur österreichischen Literatur*, Frankfurt a. M. 2012.